그림에 젖어

나를 위로해 주었던 95개의 명화

그림에 ———————————— 젖어

손수천 지음

북산

두 화가 이야기

'당신 작품은 재능이 있고 마음에 와닿습니다. 그러나 당신에게는 아직 깊이가 부족합니다.'

파트리크 쥐스킨트의 '깊이에의 강요'에서 한 젊은 여류화가는 평론가의 이러한 비평을 듣고 가볍게 넘기지 못해 자살이라는 비극적인 선택을 한다.

한편 알베르 카뮈의 소설 제목이자 주인공 이름이기도 한 화가 요나는 세속적인 성공을 뒤로하고 자신의 작품이 더는 팔리지 않게 되자 친구와 제자들은 점점 멀어져간다. 그림 그리기에 골몰한 요나의 소식이 끊기자 걱정이 된 한 친구가 화가를 찾아간다. 요나는 가슴을 쥐어짜는 듯한 자세로 죽어 있었다. 곁의 텅 빈 캔버스에는 작은 글씨가 쓰여 있었는데 고독을 뜻하는 '솔리테르solitaire'로 읽어야 할지, 연대를 뜻하는 '솔리데르solidaire'로 읽어야 할지 모르겠다며 소설은 끝난다.

그림에는 재능이 없지만 두 화가의 슬픈 이야기가 나에게는 무척이나 인상적이었나 보다. 그래서 결심했다. 깊이라고는 전혀 없는 글을 써

보자고. 또한 내적 고독이든 외적 연대든 상관없이 나의 감상과 감정이 이끄는 글을 마무리한 후 스스로가 단단solide해지자고.

이제 깊이라고는 없는 감상과 감정의 파편들을 독자라는 가장 무서운 평론가와 함께 나누고자 한다. 이 책을 사이에 둔 나와 당신, 두 사람 모두에게 단단한 행복이 스며들기를 기원한다.

2021년 겨울
손수천

PART 1

:

인생이 막막하고
내 존재가 흔들릴 때

01

선과 면과 색은 고통을
오래 간직하지 말라고 말한다

피에트 몬드리안
〈구성 A: 검정, 빨강, 회색, 노랑, 그리고 파랑의 구성〉
1920

초등학교 1학년 첫 미술 시간이었다. 스케치북에 크레용으로 자유롭게 선을 긋고 칸을 만들어 색칠하는 일종의 구성 작품을 그리게 시킨 선생님은 미술 시간이 끝나갈 때쯤 나에게 스케치북을 들고 앞으로 나오라고 하셨다. 그리고는 내 작품을 들고 서 있게 하셨다. 선생님은 반 친구들에게 내 그림에 검정을 너무 많이 칠했다고 하시며 그러면 칙칙해져서 안 좋다고 말씀하셨다. 내 얼굴은 점점 빨갛게 익어가다가 스케치북 속의 검정처럼 변했다. 가장 좋아하는 색깔인 검정을 칠했을 뿐인데 말이다.

영구적인 정신 장애를 남기는 충격이라는 뜻의 '트라우마trauma'라는 용어를 접할 때마다 나의 첫 번째 미술 시간이 생각난다. 나는 평생 검정에 대해 묘한 감정을 가지고 살 것이며 사람들 앞에 섰을 때 쉽게 얼굴이 까매질 것이다.

세월이 흘러 이런 나를 위로해준 것은 피에트 몬드리안이었다. 그의 추상화는 내 어린 시절의 상처를 어루만져줬다. 그림의 선과 면과 색은 내게 말했다. 고통을 너무 오래 간직하지 말라고. 그리고 세상은 다 그러하니 그저 쉽게 살라고. 그림을 보는 내내 검정의 네모는 나를 따뜻하게 안아줬다. 피에트 몬드리안의 작품은 그 특유의 기하학적인 구성으로 인해 차가운 추상이라 불린다. 나는 그의 그림에서 위로의 말을 들었지만 어떤 이에겐 그의 추상이 냉철한 이성의 모습으로 다가왔을지도 모른다. 본래 약하면서 그 약함을 숨기려고 짐짓 차가운 체하는 이들에게 피에트 몬드리안의 추상화를 권한다. 그리고 선생님을 다시 만나게 되면 이렇게 말씀드리고 싶다.
나는 아직도 검정을 가장 좋아한다고.

02

우리는 너무 시각에
의존해서 살고 있지는 않을까?

페르낭 크노프
〈슈만을 들으며〉
1883

페르낭 크노프의 '슈만을 들으며' 속 여인은 아마도 '여자의 사랑과 생애'라는 곡을 듣고 있을 것이다. 아델베르트 폰 샤미소의 시에 로베르트 슈만이 곡을 붙인 그 연작 가곡은 여자의 연애, 결혼, 출산, 남편의 죽음 같은 사건을 다루면서 여인의 감정과 생활을 표현한 명곡이다.

그림의 여인은 화려한 실내에 앉아 음악을 듣고 있는데 주의해서 봐야 할 것은 그녀의 손이다. 오른손으로 눈을 가려 시각을 차단함으로써 청각을 더욱 예리하게 만든다. 반면 왼손은 옷자락을 잡아 음악이 주는 감동을 표현한다. 왼편에는 피아니스트의 오른손만이 조금 보이는데 이 그림이 연주자보다는 청자를 중심으로 그려졌다는 것을 알 수 있게 해준다.

이 그림을 보면서 우리는 너무 시각에 의존해서 살고 있지 않나 생각해 본다. 눈에 보이는 것만을 믿음으로써 더 많은 것을 느끼지 못하는 우를 범하는 건 아닌지. 그래서 나는 음악을 들을 때만이라도 눈을 감는다.

개인적으로 로베르트 슈만의 '어린이의 정경'을 즐겨 듣는다. 그 중에서도 독일어로 꿈꾸기, 공상, 몽상 등을 뜻하는 7번 '트로이메라이 Traumerei'를 특히 좋아한다. 그 곡을 들으며 눈을 감으면 내 어린 시절의 추억들이 펼쳐지기 때문이다. 내가 예전에 잃어버렸던 어린이의 전유물인 꿈을 꾸는 일을 귀 안에 잠시 훔쳐둔다.

03

오전 11시
그녀는 무엇을 기다리는 것일까

2003년부터 메이저리그 보스턴 레드삭스의 팬이다. 해서 아침마다 보스턴 레드삭스의 경기를 많이도 보아왔다. 대강 우리 시각으로 오전 8시에 경기가 시작되어 오전 11시에 끝나는데 이기든 지든 나는 오전 11시쯤에 이런 초상화가 되어버린다.

경기에 승리했을 때는, 특히 라이벌인 뉴욕 양키스를 이겼을 때는 세상을 모두 가진 느낌이 든다. 그러나 시간이 조금만 흘러도 그림 속 여자처럼 담담한 감정으로 돌아가 밖을 관조하게 된다. 그래서일까. 경기에 졌을 때도 너무 슬퍼하려 하지 않는다. 전설적인 투수 크리스티 매튜슨이 그랬던가. '승리하면 조금 배울 수 있고 패배하면 모든 것을 배울 수 있다'라고. 그저 한 경기였을 뿐이라며 조용히 창밖을 보게 된다. 승리의 희열이든 패배의 아픔이든 감정의 지나침은 마음을 상하게 하는 법이다. 야구의 좋은 점은 내일도 경기가 있다는 거다. 그래서 야구가 인생과 비슷하다고 하는 것인지도 모르겠다. 인생 또한 승리하든 패배하든 새로운 내

일로 이어지니까 말이다.

그나저나 그림 속 여자는 과연 무엇을 관조하는 걸까. 표도르 도스토옙스키가 '카라마조프 가의 형제들'에서 극찬한 이반 크람스코이의 그림 '관조자'와 같은 표정일지 정말 궁금하다. 그녀는 오후의 뜨거운 햇살을 기다리는 것일까, 아니면 다시 시작될 밤을 기다리는 것일까.

에드워드 호퍼
1882 - 1967

〈오전 11시〉
1926
wikiart

04

사랑하는 대상의 부재는
죽음과 같은 공포를 안겨준다

에드바르트 뭉크
〈흡혈귀〉
1895

언젠가 신문에서 흥미로운 기사 한 꼭지를 읽었다. 미국의 물리학 교수 코스타스 에프티미우가 흡혈귀가 존재할 수 없는 수학적 이유를 밝혀냈다는 내용이었다. 그의 계산은 서기 1600년 1월 1일에 지구 인구가 5억 3687만 911명이고 이때 흡혈귀 한 명이 있었다는 가정으로 시작한다. 흡혈귀가 인간과 같은 식사량은 아니겠지만 굶어 죽지 않기 위해서라도 한 달에 한 명의 피를 빨아먹어야 한다고 전제하면 흡혈귀에게 피를 빨린 사람도 흡혈귀가 되므로 2월 1일에는 2명, 3월 1일에는 4명 식으로 흡혈귀 숫자가 늘어나 2년 반이 흐르면 5억 3687만 912명이 흡혈귀가 된다. 2의 29제곱은 5억 3687만 912라서 말이다. 전 인류가 흡혈귀가 되는 것이다. 물론 흡혈귀가 피를 빨린 인간이 자신처럼 흡혈귀가 되지 못하도록 죽여버리면 된다는 반론도 가능하겠지만 기하급수적으로 늘어나는 흡혈귀 수를 생각해보면 흡혈귀는 수학적으로 존재할 수 없다는 뜻일 것이다.

에드바르트 뭉크는 단순히 한 여자가 남자의 목에 키스하는 것일 뿐이라고 이 그림에 대해 글로 썼지만 그림에서 표현한 바는 여성에 대한 공포가 아니었을까 싶다. 에드바르트 뭉크가 다섯 살 때 그의 어머니는 결핵으로 세상을 떠났고 10년 뒤 누나도 같은 병으로 죽었다. 해서 그의 그림은 언제나 죽음과 맞닿아 있다. 이 그림도 단순히 흡혈귀에 대한 공포가 아니라 어머니와 누나처럼 사랑하는 여인들이 언제라도 자신을 두고 떠나버릴 수 있다는 두려움에 관한 은유가 아닐까. 그리운 대상의 부재보다 더 큰 두려움은 없는 것이므로.

05

인생이 비스킷처럼 팍팍할 때
찾아온 '열네 살'의 여운

장 밥티스트 카미유 코로
〈두 이탈리아인, 노인과 소년〉
1843

다니구치 지로의 만화 '열네 살(원제는 '머나먼 고향')'에서 마흔여덟 살의 중년인 나카하라 히로시는 우연히 고향에 들렀다가 어머니의 묘소에서 열네 살 시절로 돌아가게 된다. 마흔여덟 살의 정신과 열네 살의 몸으로 과거를 다시 살게 된 주인공은 빼어난 영어 실력과 어른스러운 사고로 전교에서 가장 예쁜 여자애의 마음을 얻는 한편 친구들에게 자신은 이미 알고 있는 미래의 예언을 하기도 한다. 열네 살로 돌아와 보니 과거에는 그냥 지나친 것들이 지금은 잘 보이는 느낌이라며 다시 살게 된 과거의 삶에 만족을 느낀다. 그런데 나카하라 히로시의 아버지는 주인공이 열네 살인 그해에 가족을 버리고 떠나버렸었다. 그 사실을 알고 있는 주인공은 그날 밤에 도망치려는 아버지를 역에서 만나 붙잡으려고 하지만 끝내는 소맷자락을 놓고 만다. 문득 현실의 자기 아내와 딸들을 떠올린 것이다. 자신은 우연히 들어온 새로운 시간 속에서 다시 한번 펼쳐진 인생의 기쁨을 만끽하면서 현실의 가족을 버리고 도망치고 있었다는 것을 자각한다.

'열네 살'을 읽으면서 장 밥티스트 카미유 코로의 '두 이탈리아인, 노인과 소년'을 떠올렸다. 떠나려는 아버지를 붙잡고 있는 아들과 같아서일까. 노인의 표정과 지팡이를 꽉 움켜쥔 두 손에서 새로운 인생을 살고 싶어 하는 의지가 보이는 것만 같다. 그리고 호기심과 불안함을 버무려놓은 소년의 눈은 인생의 봄을 다시 살게 된 나카하라 히로시를 표현한 듯도 하다. 로마로 유학을 간 프랑스 화가 장 밥티스트 카미유 코로도 열네 살로 돌아가고 싶었을까.

인생이 말라버린 비스킷처럼 팍팍할 때 나는 인생의 봄으로 다시 돌아가고 싶었다. 그러면 지금보다 더 평탄한 길을 걷고 더 나은 삶을 살 수 있을 것만 같았다. 그러나 이 만화를 읽으면서 스스로가 비겁했다는 걸 느꼈다. 현재의 정신을 가지고 과거의 삶을 다시 산다는 건 내가 도망치고자 하는 현실에 대해 얼마나 비겁한 짓이란 말인가. 내게 비겁함을 자각시켜준 '열네 살'의 여운을 추천한다.

06

사랑과 예술의 완성은
100이 아니라 99와 100 사이

장 앙투안 와토
〈메체티노〉
1717-1719

메체티노는 장 앙투안 와토가 가장 좋아했던 광대의 이름이라고 한다. 그는 창가에 앉아 짝사랑 중인 여성에게 세레나데를 부르고 있는데 화가는 멀리 돌아서 있는 조각상을 그려놓음으로써 그의 사랑이 이루어지지 않은 것을 표현했다.

영화 '시네마 천국'에서 알프레도 아저씨는 사랑의 열병을 앓는 토토에게 공주와 병사 이야기를 해준다. 100일 동안 비가 오나 눈이 오나 창가에 서 있으면 공주가 병사의 사랑을 받아준다고. 그러나 병사는 99일째 되는 날 떠나버린다. 한 노인이 주지에게 찾아와 백일 동안 단청을 할 테니 사방에 천을 두르고 안을 보지 말라고 했다. 그러나 주지는 99일째 되는 날 그만 호기심을 참지 못하고 안을 들여다보고 만다. 노인 대신 붓을 물고 있던 학이 단청을 하다가 날아가 버린다.

병사는 왜 하루를 남겨 두고 떠났을까. 주지는 왜 하루를 참지 못했을까. 병사는 공주가 약속을 지키지 않아도 된다는 배려를 해준 것이 아닐까. 주지는 지극한 아름다움을 가진 예술이란 인간의 능력 밖이란 걸 일깨워 주는 게 아닐까. 어쩌면 사랑과 예술의 완성은 100이 아니라 99와 100 사이의 어느 지점일 것이다.

07

간간이 느끼는 행복이
그들의 마음을 어루만져 주기를

알브레히트 뒤러
〈멜랑콜리아 I 〉
1514

개인적으로 알브레히트 뒤러의 회화보다 판화를 더 좋아한다. '멜랑콜리아 I'은 너무나도 정교하게 계산된 작품으로 그의 원숙한 경지를 보여준다. 바닥에 톱과 대패 등 여러 도구가 널브러져 있는 가운데 천사는 제목처럼 우울하게 손으로 턱을 괴고 다른 손으로는 컴퍼스를 쥐고 있다. 그 컴퍼스와 각도기로 구를 만들고 오각형과 삼각형으로 이루어진 다면체를 깎은 것일까.

이 판화에서 재밌는 점은 오른쪽 위에 그려진 마방진이다. 마방진이란 정사각형 모양으로 수를 나열하여 가로, 세로, 대각선으로 배열된 각각의 수의 합이 전부 같아지게 만든 일종의 숫자놀이이다. '멜랑콜리아 I'에서는 가로와 세로가 네 칸씩 있으니 4차 마방진이라고 할 수 있는데 가로, 세로, 대각선으로 어떤 방식으로든 각 수를 더해도 모두 34가 된다. 특히 가장 아랫줄 가운데 두 칸을 각각 15와 14로 연이어 놓아서 작품의 제작연도인 1514년을 가리키게 한 것은 알브레히트 뒤러가 자신의 천재성을 뽐낸 것이 아닌가 싶다.

그런데 나는 흥미로운 수학적 상징들에도 불구하고 천사의 우울한 표정이 가장 신경 쓰인다. 천사는 무엇이 그리도 우울할까. 화가 아메데오 모딜리아니는 친구에게 '행복은 우울한 얼굴의 천사다'라고 쓴 엽서를 보냈는데 행복한 순간에도 그는 내내 우울했을까 싶어 걱정이 든다. 여하튼 우울증을 앓는 많은 이들이 쉽게 치유될 수는 없더라도 간간이 느끼는 행복이 그들의 마음을 어루만져 주기를 알브레히트 뒤러의 다른 판화 '기도하는 손'처럼 두 손 모아 기도하는 바이다.

08

시간은 모든 것을
잡아먹는다

프란시스코 데 고야
〈자식을 잡아먹는 사투르누스〉
1819 - 1823

사투르누스는 그리스 신화의 크로노스를 가리키는 로마식 이름이다. 그는 앞으로 언젠가 자신의 자식 중 한 명으로부터 옥좌를 빼앗길 것이라는 예언을 듣고 자기 아이들이 태어나는 족족 모두 잡아먹기 시작했다. 잘 아는 것처럼 그의 아내이자 제우스의 어머니인 레아의 지혜로 제우스는 살아남았고 자신의 아버지인 크로노스를 처치하고는 신들의 왕이 되었다.

프란시스코 데 고야는 말년에 병을 앓아 청각을 잃게 되자 자신의 별장을 '귀머거리의 집'으로 이름 짓고 광기와 잔혹함이 가득한 그림들을 그려 장식해놓았다. 후대에 그 작품들은 '검은 그림'으로 명명되었는데 그중에서도 '자식을 잡아먹는 사투르누스'는 가장 잔인하고 폭력적인 것으로 유명하다.

그림과는 반대로 어니스트 헤밍웨이는 '아버지를 일찍 잃어버리는 행운을 얻었다'라고 했고 장정일은 심지어 '아버지가 죽은 날 만세를 불렀다'라고 했다. '오이디푸스 콤플렉스'라는 용어를 들먹이지 않더라도 아버지는 종종 권력과 압제의 상징이자 기호가 된다. 아들에게 아버지는 넘어야 할 산이자 신인 것인가.

그런데 시간이 흘러 아버지는 노쇠해지고 아들은 장성해져 자연스럽게 둘의 위치는 역전된다. 그럴 때 아버지와 아들 모두는 서글픈 감정을 느끼지 않을까. 이상하게도 이 그림을 보면서 나는 반대로 아들이 아버지를 조금씩 잡아먹어 점점 작아지게 만드는 슬픈 상상화가 동시에 연상된다. 그러고 보니 크로노스는 시간과 세월을 뜻하던가. 시간은 모든 것을 잡아먹는다. 자기 자식과 자신까지도.

09

과학은 세상의 비밀에
가까워지게 해줄까?

트레이시 슈발리에의 소설과 스칼렛 요한슨이 주연한 영화로 유명해진 그림이다. 소설과 영화에서는 화가가 하녀의 아름다움에 반해 이 그림을 그렸다는 설정이지만 미술사학자들은 소녀의 속눈썹이 없다는 이유로 실재한 모델이 아니라 이상화된 추상적인 얼굴이라 생각해왔다.

그런데 이 작품을 소장한 네덜란드 헤이그의 마우리츠하위스 왕립 미술관은 과학적인 몇 가지 연구를 했다. 엑스레이 촬영과 디지털 현미경 기술과 페인트 샘플 조사 등으로 그림을 정밀 분석한 것이다. 그 결과 원래 그림 속 소녀의 속눈썹이 존재했는데 약 350년이 지나면서 지워졌다는 거다. 또한 검은색 배경으로 소녀가 있지만 사실은 녹색 커튼이 뒤에 있었다는 걸 밝혀냈다. 그림 오른쪽 상단에 커튼이 접힌 모습을 발견한 것이다. 세월이 흐르면서 물리적, 화학적인 변화로 커튼이 사라져버렸다.

유화에 사용된 색소의 출처도 알아냈는데 하얀색 안료는 영국 북부

요하네스 베르메르
〈진주 귀걸이를 한 소녀〉
1665 – 1666

의 피크 디스트릭트에서 나온 것이고, 군청색 안료는 아프가니스탄의 광산에서 나온 돌을 갈아 만든 것이라고 한다. 빨간색 안료는 멕시코와 남아메리카의 선인장에 사는 벌레로 만들어졌고, 특히 터번 등에 쓰인 푸른 색소는 17세기 당시 금보다 더 가치가 있었다 한다.

연구진은 화가가 그림을 그린 순서도 밝혀냈다. 먼저 소녀의 얼굴과 배경을 그린 뒤 재킷, 옷깃, 파란색 터번과 진주 귀걸이를 그렸다. 그리고 마지막으로 왼쪽 위에 서명을 했다.

그런데 과연 몇 가지 과학적인 연구를 함으로써 이 그림이 가진 비밀에 조금이라도 가까워진 것일까. 화가가 순간적으로 포착한 소녀의 아름다움을 엑스레이나 디지털 현미경이 벗겨낸다고 한들 그림 속 소녀가 내뿜는 신운표묘한 아우라는 우리에게서 더 멀어지는 것이리라.

10

나의 이성이
잠들지 않도록

프란시스코 데 고야
〈이성의 잠은 괴물을 낳는다〉
1797 – 1799

어떤 작품은 제목만으로 압도한다. 이것이 바로 그러하다. 프란시스코 데 고야는 80점의 연작 판화를 발표하며 '로스 카프리초스'라고 명명했다. 스페인어를 번역하면 '변덕들' 정도로 해석할 수 있는데 인습과 무지 혹은 이기심에서 비롯된 통속적인 편견과 악덕에 대한 풍자와 비판을 표현한 연작 판화이다. 이것은 43번째 작품으로 화가 자신이 책상에 앉아 잠자고 있는 모습을 그리고 부엉이와 박쥐 등 야행성 조류와 고양이와 스라소니 등 밤에도 깨어 있는 동물들을 다소 섬뜩하게 표현했다. 그리고 책상에는 작품의 제목을 새겨넣었다. '이성의 잠은 괴물을 낳는다'라고.

그래서 나는 이성이 잠들지 않도록 항상 경계하자는 의미에서 이 작품을 마음속에 새겨넣는다. 내 컴퓨터와 스마트폰의 배경화면으로 이 판화를 선택하고는 컴퓨터와 스마트폰을 켤 때마다 첨단 문명의 이기가 괴물이 되어 내 이성을 잠재우는 건 아닐까 하고 경계한다. 이성은 검색이 아니라 사색에서 나오는 것이기 때문이다. 하지만 이미 켜버린 컴퓨터와 스마트폰의 자극과 재미를 끊기란 참 어렵다. 그럴 때마다 인터넷이란 창을 닫고 이 판화를 눈에 새긴다.

회화나 판화를 볼 때 언제부턴가 시선이라는 것에 집중하게 된다. 프란시스코 데 고야가 새긴 판화의 정중앙에서 나를 노려보는 날카로운 눈빛을 대하면 섬찟한 느낌이 든다. 그 시선을 생각해서라도 다시 한번 이성이 잠자지 않도록 각성해야겠다.

선택의 순간을
마주하게 되었을 때

카스파르 다비트 프리드리히
〈안개 바다 위의 방랑자〉
1818

저 앞이 보이지 않는 안개 바다에서 그는 과연 무슨 생각을 하고 있을까. 지팡이 하나에 의지해 산을 오른 이 방랑자는 대자연을 앞에 두고 당당한 뒷모습을 보이지만 다소 고독해 보인다. 나는 이 그림을 보면 선택의 순간이 떠오른다. 매사 많은 선택을 하는 게 인생이라지만 아주 중요한 선택을 해야 하는 순간이 분명히 있다. 아주 큰 두 갈래의 길에서 어느 방향으로 가야 할지 결정해야 하는 순간이 말이다. 그럴 때는 그림 속 남자처럼 고독해진다. 앞이 보이지 않는 안개 바다 위에서 어떠한 한 가지를 반드시 선택해야 한다.

세월이 흘러 그 선택을 돌아보는 순간 또한 반드시 올 것이다. 그때 저 방랑자는 머리카락이 성글고 하얀 눈이 내려앉겠지만 그의 앞에 펼쳐진 광경은 역시나 안개 바다처럼 전혀 앞이 보이지 않는 것이리라.

현대의 독일 화가 위르겐 발러는 이 그림에 오마주를 바치며 같은 제목으로 그림을 그렸다. 마천루 위에 올라선 남자가 공장의 매연으로 가득한 도시를 내려다보는 그림이다. 그 남자는 아마도 마스크나 방독면을 끼고 있을 것이다. 누군가가 또다시 같은 주제로 그림을 그린다면 스마트폰 카메라로 셀피를 찍는 안개 바다 위의 남자를 그리지 않을까 싶다. 그러고 보니 지팡이가 셀카봉처럼 보이기도 한다.

12

슬픔을 넘어서는
위로가 되기를

아르놀트 뵈클린
〈죽음의 섬〉
1883

존재는 사랑을 할 수 있게 해주고, 부재는 그 사랑이 얼마나 크고 깊은지를 알 수 있게 해준다. 아르놀트 뵈클린은 열네 명의 자식 가운데 여덟 명을 먼저 떠나보냈다. 특히 태어나자마자 죽은 딸 마리아를 위해 이 그림을 그렸는데 대동소이하게 다섯 종류나 된다고 한다. 그림의 제목 때문에 하얀 옷을 입고 배 위에 서 있는 이는 그리스 신화에서 죽음의 강 스틱스를 건너게 해주는 뱃사공 카론을 연상시킨다. 그의 앞에는 관으로 보이는 하얀 상자가 놓여있다. 뒤에서 웅크리고 있는 이는 앞모습이 보이지 않지만 등만으로도 슬픔이 전해진다. 죽음의 섬에는 커다란 사이프러스 나무가 을씨년스럽게 뻗어있는데 유럽에서는 전통적으로 그 나무를 공동묘지에 심었다고 한다. 보고만 있어도 그 강을 건너지 말라고 소리치고 싶은 너무나 슬픈 그림이다.

나이가 들면서 장례식장에 갈 일이 종종 생긴다. 친구나 지인의 부모님께서 돌아가시면 그 황망한 슬픔에 어떤 위로의 말을 건네야 할지 모르겠다. 그런데 슬픔의 경중이 차이 있겠는가만은 부모보다 먼저 간 자식의 죽음을 대하는 일은 너무나 힘들었다. 어른의 관을 반으로 자른, 혹은 특별히 따로 제작한 조그만 관에 누워 있는 어린아이는 다시 눈을 뜨고 뛰어다닐 것만 같아 더욱 서글펐다. '의천도룡기'를 쓴 김용이 책의 후기에다가 부모를 잃은 자식의 슬픔과 자식을 먼저 보내는 부모의 슬픔 중 어느 것이 더 큰지는 모르겠으나 자신은 자식을 떠나보내는 슬픔을 알지 못하기에 묘사조차 할 수 없다고 토로한 부분이 생각난다. 그것은 말 그대로 묘사조차 할 수 없는 슬픔이리라. 마찬가지로 스티븐 킹이 쓴 '애완동물 공동묘지'에서 절대 하지 말아야 할 비술로 죽은 자식을 다시 살려내는 것도 개인적으로는 이해가 가는 면이 있었다. 죽음의 섬에서 자식을 다시 데려올 수 있다면 부모는 뭐든지 할 수 있기 때문이다.

외롭고 황홀한 심사로 밤에 홀로 유리를 닦는 이들에게 이 그림이 슬픔을 넘어서는 위로가 되었으면 한다. 먼 훗날에 그들은 조용하고 아름다운 섬에서 다시 만날 것이다. 그곳에서는 세르게이 라흐마니노프가 이 그림에 매혹되어 작곡한 '죽음의 섬'이란 같은 제목의 교향시가 계속해서 흐를 것만 같다.

13

슬픔과 절망의 순간에 있다면
어떤 선택을 했을까?

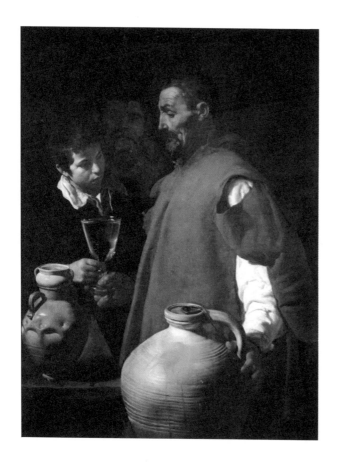

디에고 벨라스케스
〈세비야의 물장수〉
1623

오랜 아프가니스탄의 전설 중에 악마에게 막내아들을 빼앗긴 가난한 농부 이야기가 있다. 그의 이름은 아유브였다. 몇 년을 통곡 속에서 말라가던 농부는 마침내 돌산 위에 있는 악마의 요새를 찾아간다. 죽을 각오였다. 그런데 반전이 일어났다. 가난한 마을에서 그중에서도 가장 사랑받는 자식들을 골라 데려온 악마는 지상낙원에서 아이들을 키우고 있었던 것이다. 잔인한 악마는 아유브에게 선택권을 준다. 다시 데려가서 가난과 질병 속에 살게 할 테냐, 아니면 이곳에서 행복하게 살게 놔둘 테냐. 분열된 채 절규하는 아유브에게 악마는 한 방울의 자비를 베푼다. 자신이 본 모든 것을 잊게 하는 망각의 묘약이었다.

디에고 벨라스케스의 그림은 늙은 물장수가 소년에게 물을 파는 장면이다. 그런데 관점을 달리해서 보면 악마가 아유브에게 망각의 묘약을 권할 때 아유브는 마치 그림 속 늙은 물장수와 같은 표정을 지을 것 같아서 이 그림이 생각났다.

아유브는 과연 어떤 선택을 했을까? 그리고 나라면 어떤 선택을 할까? 내내 고민해봤다. 나는 결국 망각의 묘약을 마셨을 것이다. 다시 통곡 속에서 악마를 원망하며 살아가지 않겠나 싶다. 슬픔과 분노를 삶의 자양분으로 삼아서 말이다. 사랑하는 막내아들이 가난과 질병이 없는 지상낙원에서 살아간다면 어쩔 수 없지 않을까. 그림을 다시 보니 정면을 응시하며 물을 마시고 있는 남자의 눈이 악마의 그것처럼 보이기도 한다.

14

따뜻한 무언가를 채워주는
사람이 되고 싶다

케테 콜비츠
〈독일의 아이들은 굶주린다〉
1923

내가 가장 좋아하는 소설인 빅토르 위고의 '레 미제라블'에서 가장 좋아하는 부분은 장 발장이 코제트와 처음 만나는 순간이다. 추운 겨울밤에 숲속에 물을 뜨러 간 여덟 살짜리 코제트는 차가운 물이 흘러넘쳐 자신을 젖게 하지만 조금이라도 늦으면 테나르디에의 아내가 호되게 꾸짖고 때렸기 때문에 그 무거운 물통을 옮기기 위해 애쓴다. 그때 갑자기 소녀는 물통이 더 이상 전혀 무겁지 않았고 뒤에서 커다란 손으로 물통을 드는 장 발장을 만나게 된다. 인생의 모든 만남에는 어떤 직감이 있고 어린아이는 그 만남이 두렵지 않았다.

작가는 같은 책에서 이렇게 썼다. '정말 남자의 비참밖에 보지 않은 자는 아무것도 보지 않은 것이고, 여자의 비참을 보지 않으면 안 되며, 여자의 비참밖에 보지 않은 자는 아무것도 보지 않은 것으로, 어린애의 비참을 보지 않으면 안 된다.' 2500쪽도 넘는 방대한 분량의 소설을 단 한 문장으로 축약한다면 바로 이 문장이리라.

케테 콜비츠의 판화를 보는 것은 참으로 비참한 일이다. 특히 굶주린 아이들의 눈빛을 보는 것은 더욱 비참하다. 전쟁이 아이들에게 부모를 포함한 많은 것을 빼앗아 버렸다. 화가 자신도 제1차 세계대전 때 열여덟 살인 둘째 아들을 잃었고 제2차 세계대전 때 손자를 잃었다. 그렇기 때문일까. 그녀의 판화에는 슬픔과 분노를 넘어서는 비참함이 스며있다. 이 작품을 본 우리는 뒤에서 무거운 물통을 들어주고 빈 그릇에 따뜻한 무언가를 담아줄 수 있는 사람이 되어야 하지 않을까. 그것만이 마음속 비참함을 조금이라도 덜어낼 수 있는 길일 것이다.

세상의 모든 아이들아, 굶지 말아라. 제발 굶지 말아라.

15

신이 인간에게 주는 시련은 이토록 잔인해도 되는 걸까?

마르크 샤갈
〈이삭의 희생〉
1966

불교를 믿는 사람이지만 성경은 누구나 한 번쯤 읽어야 하는 가장 훌륭한 책 중의 하나라고 생각한다. 그런데 구약성서에서 이삭의 희생을 다루는 아케다 Akedah는 머리를 갸웃하게 만든다. 신이 아브라함에게 그의 아들 이삭을 희생의 제물로 바치라고 강요하는 이야기인데 아브라함이 이삭을 칼로 내리치려는 순간 천사가 나타나 아들 대신 희생물로 쓰라고 숫양을 가리키며 당신은 신의 시험을 통과했다고 알려주는 내용이다. 신이 인간에게 주는 시련이나 시험은 이토록 잔인해도 되는지 의아하다.

　수많은 화가들 또한 이 이야기에 매혹되는 바가 강렬했는지 미켈란젤로 다 카라바조나 렘브란트 반 레인 등 거장이 그린 '이삭의 희생'이 차고 넘치지만 나는 마르크 샤갈의 작품을 가장 좋아한다. 화가는 오른쪽 윗부분에 예수 그리스도가 십자가를 지고 가는 모습을 그려놓음으로써 이 그림의 주제가 희생을 통한 인류의 구원이라고 동일시한다. 그런데 내가 마르크 샤갈의 그림을 좋아하는 이유는 왼쪽에 가장 가슴 아파했을 이삭의 어머니 사라가 흐느끼는 모습을 그렸기 때문이다. 그녀에게는 신이나 종교가 주는 커다란 메시지보다 아들의 생명이 더 소중한 것이 아닐까. 어쩌면 아브라함이 신의 시험을 통과해서 천사가 이삭 대신 숫양을 바치라고 한 것이 아니라 신이 사라의 애절한 눈물을 보고 자신의 과오를 바로잡은 것인지도 모르겠다.

　좀 다른 이야기지만 '부모은중경父母恩重經'에는 석가모니가 제자들에게 한 무더기의 뼈를 보고 남자와 여자의 뼈를 구분할 수 있는지 묻는 장면이 나온다. 제자들이 불가능하다고 답하자 석가모니는 어머니가 자식을 낳을 때 많은 피를 흘리고 끊임없이 젖을 먹여 그 뼈가 검다고 말해준다. 아버지와 어머니의 은혜를 비교하는 것은 어폐가 있겠지만 나는 아브라함의 흰 칼보다 사라의 검은 눈물에 더 마음이 간다.

16

사전은 빙빙 돌려
더 어렵게 말한다

세바스티앙 스토스코프
〈책, 양초와 작은 청동상〉
17세기경

책을 읽다가 박공牔栱이란 어려운 단어가 나와 사전을 찾아보았다. 합각머리나 맞배지붕의 양쪽 끝머리에 '人' 모양으로 붙인 두꺼운 널 또는 벽이라 적혀 있다. 합각머리와 맞배지붕이 뭐지? 하나의 단어를 알고자 하다가 두 가지 의문이 동시에 생겼다. 다시 사전을 펼쳤다. 합각머리를 사전에서 찾으니 합각이 있는 측면이라 적혀 있다. 이건 말장난이 아닌가. 그래도 바로 위에 합각이 있는 건 불행 중 다행인가. 다시 사전을 쳐다본다. 합각合閣이란 지붕의 위쪽 양옆에 박공으로 '人'자 모양을 이룬 구조라 적혀 있다. 뭔가 사전은 쉽게 설명해주는 책이 아니라 어려운 말을 빙빙 돌려 결국 같은 말을 하는 책 같다.

어쨌든 다시 사전을 펼쳤다. 맞배지붕을 사전에서 찾으니 지붕의 완각이 수직으로 잘려진 지붕이라 적혀 있다. 완각은 또 뭐람? 맞배지붕이나 팔작지붕의 측면이라 적혀 있다. 또다시 설명이 아니라 말장난이다. 여하튼 팔작지붕을 사전에서 찾아보기로 하고 다시 사전을 펼쳤다. 어라, 내가 가지고 있는 사전은 팔작지붕이 없고 팔작집만 나온다. 팔짝 뛸 일이다. 팔작집의 사전적 설명으로 팔작지붕을 대충 유추할 수는 있으나 이쯤에서 사전을 덮기로 했다.

학문이란 이런 것이 아니겠는가. 박공부터 시작해서 팔작집까지 지을 수는 있겠지만 사전적인 설명과 지식만으로는 사상누각일진저. 학문이란 건축을 튼튼히 다지기 위해서는 경험과 지혜가 필요하다.

17

'GLOVE'에 담겨
보이지 않았던 말 'LOVE'

르네 마그리트
1898 - 1967

〈보이지 않는 선수〉
1927
wikiart

서울시립미술관에서 나는 르네 마그리트의 '보이지 않는 선수'를 보며 한참이나 서 있었다. 아름다운 도슨트의 설명도 귓등으로 흘리고 그림을 넋 놓고 멍하니 오래도록 쳐다봤다. 마르셀 프루스트가 홍차에 찍은 마들렌 특유의 향내로 잃어버린 과거를 여행하듯 나는 이 그림 앞에서 과거의 아련한 향수가 떠오를 것만 같아서 계속 코를 벌렁거렸다.

아버지는 내가 열 살 때 커다란 백화점에서 야구 배트와 글러브와 볼을 사주셨다. 지금은 그것들이 어디에 굴러다니는지, 혹은 쓰레기장에서 장렬히 전사했는지 모르겠지만 아직도 글러브 특유의 가죽 냄새가 기억난다. 그 글러브 냄새를 떠올리면 모양도 자연스럽게 그려진다. 검은색의 투수 글러브였다. 내 작은 손보다는 제법 커서 왼손에 끼우면 약간 헐렁한 감이 드는 그 글러브가 생생히 기억난다.

'피아노의 숲'으로 유명한 만화가 이시키 마코토의 작품 중에 '하나다 소년사'를 읽은 적이 있다. 죽은 사람의 영혼을 볼 수 있는 주인공 소년 하나다 이치로는 어느 유령 아저씨의 부탁을 들어주게 된다. 그건 바로 자신의 아들에게 크리스마스 선물을 대신 전해달라는 것이었다. 아들은 아버지의 죽음 이후 마음의 문을 닫은지라 선물을 받기를 계속 거부하지만 하나다 이치로의 정성이 통해 아버지의 선물을 받아드는데 그 선물이란 다름 아닌 항상 갖고 싶어 했던 야구 글러브였다. 가난했던 아버지는 그 글러브를 사러 갔다가 눈길에서 횡사한 것이다. 결국 아버지의 사랑을 알게 된 아들 곁에 아버지의 영혼이 현세로 와서 아들과 함께 감동적인 캐치볼을 한다.

물론 르네 마그리트의 '보이지 않는 선수'는 야구가 아니라 크리켓을 그린 것이리라. 그리고 내 아버지는 그림처럼 같이 야구를 해주시지 않았고 나 또한 캐치볼을 함께 하자고 조르지도 않았다. 그러나 아버지는 내가 그 글러브를 정말 좋아했다는 걸 알고 계셨을 거다. 만약 창고 깊숙한 곳에서 그 글러브를 발견하게 된다면 'GLOVE'라고 적혀 있는 부분이 세월에 닳아서 'G'는 보이지 않을 것 같다.

18

오케스트라에서 조연인 바순의 중저음이 주는 울림

에드가 드가
〈오페라의 오케스트라〉
1870

　　일본 소설가 이사카 고타로와 영국 소설가 데이비드 미첼을 특히 좋아한다. 두 작가는 공통된 특징이 있는데 한 소설의 주인공이 다른 소설의 조연이나 배경 인물로 등장해 작품 세계가 이어져 있는 듯한 느낌을 준다는 거다. 그래서 두 소설가의 신작을 읽을 때면 예전 작품에 나왔던 인물이 다시 등장하지 않을까 하고 은근한 기대를 하게 된다.

　　현실도 그러하지 않을까. 우리 모두는 각자의 인생에서 주인공이지만 다른 사람의 인생에서는 조연이나 그저 스쳐 지나가는 인물일 따름이다. 인생이 연극이라면 내가 연출하는 연극은 스스로가 주인공이지만 다른 사람의 연극에서는 그저 등장인물 1이나 2일뿐인지도 모른다. 하지만 높은 차원에서 모든 인생을 지켜본다면 각각의 인물은 거미줄처럼 연결되어 있다. 수많은 조각들이 모여 하나의 모자이크 작품이 되듯이 말이다.

회화가 음악을 표현할 때 대부분은 피아노나 기타처럼 생긴 류트의 주선율을 주인공으로 삼고자 한다. 그러지 않으면 지휘자의 카리스마를 그림으로 나타내고자 한다. 그런데 에드가 드가의 '오페라의 오케스트라'를 보면 누구도 주목하지 않는 바순 연주자를 중심에 놓고 그림을 그렸다. 물론 모델인 데지레 디오가 화가와 친분이 있긴 하지만 오케스트라에서 주역으로 여겨지지 않는 바순 연주자를 주인공으로 내세운 점이 이채롭다.

바순 연주자 또한 자기만의 인생이나 음악에서는 주인공인데 관람자들은 놓치고 있었던 게 아닐까. 바순 연주자뿐만이 아니라 다른 악기의 연주자들도 자신의 인생과 음악에 임하며 주인공으로서 진지하게 연주하고 있다. 앞에 놓여있어 이목을 끄는 화려한 악기든 뒤에서 묵묵히 받쳐주는 악기든 오케스트라의 모든 선율이 조화를 이루어야 음악이 완성되듯이 인생 또한 그러하지 않은가 싶다. 모두가 주인공이면서 동시에 조연 혹은 그저 스쳐 지나가는 사람일 따름인 인생이란 오케스트라에서 바순의 중저음을 주의 깊게 들어본다.

19

아버지와 아들,
선을 넘지 않으려고 노력하는 관계

일리야 레핀
〈폭군 이반과 그의 아들 이반, 1581년 11월 16일〉
1885

러시아의 황제 이반 4세는 폭군으로 유명해 무시무시한 별칭인 이반 뇌제라고도 불린다. 러시아어로는 '그로즈니'라고 한다. 그는 며느리의 방정하지 못한 옷차림에 대해 잔소리를 하고 이 때문에 아들이 따지러 오자 격분을 참지 못해 아들을 때려죽인다. 일리야 레핀은 역사적 사실을 상상하며 이리도 잔인한 그림을 사실적으로 그려놓았는데 아들을 때려죽인 아버지의 황망한 눈빛이 인상적이다. 스스로가 무슨 짓을 저질렀는지 그제야 깨닫게 된 것이다.

어쩔 수 없이 조선 시대 영조가 자신의 아들 사도세자를 뒤주에 가둬 죽인 임오화변이 떠오른다. 그나마 그림처럼 때려죽인 것보다는 더 자애로운가. 그런데 나는 우리 역사에서 보기 드문 이런 드라마틱한 사건을 묘사한 그림이 없는 것에 아쉬움이 든다. 물론 지엄한 존재인 왕을 그린다는 건 당시로선 생각할 수조차 없는 일일 것이다. 그러나 일리야 레핀의 그림은 300년 후인 1885년에 그려졌다. 조선도 없어진 마당에 왜 우리 화가들은 이런 극적인 장면을 상상한 그림을 남기지 않는지 의아하다. 외국인에게 우리 역사를 소개할 때 무미건조한 긴 글을 읽어주는 것보다 한 장의 극적인 그림이 더 효과적일 수도 있는데 말이다.

어쨌거나 러시아든 조선이든 죽은 아들은 돌아오지 않는다. 장 밥티스트 그뢰즈의 그림처럼 저주만 퍼부어야지 일리야 레핀의 그림처럼 쇠몽둥이를 휘둘러서는 안 된다. 부자간의 다툼은 동서고금에 항상 존재했지만 돌이킬 수 없는 무언가를 해서는 안 된다. 나 또한 아버지를 많이 실망시켰고 서로 간에 크고 작은 다툼이 있었지만 예전의 좋았던 관계로 돌아갈 수 있게 선을 넘지는 않으려고 노력했다. 아버지도 노력하셨을 것이다.

20

현실의 신기루와
왜곡들을 보여주는 전망대

봉준호 감독의 '기생충'은 원래 제목이 그림을 한쪽만 채색한 후 두 겹으로 접으면 똑같은 이미지가 연출되는 기법인 '데칼코마니'였다고 한다. 아마도 상류층과 하류층의 대조 효과를 위해 좌우로 접은 게 아니라 상하로 접은 데칼코마니였을 것이다.

데칼코마니는 초현실주의 화가인 오스카 도밍게스와 막스 에른스트에 의해 창안되었는데 어린 시절 미술 시간에 한 번쯤은 해봤을 것으로 생각한다. 마우리츠 코르넬리스 에셔의 작품 '전망대'는 데칼코마니가 아니지만 일정 부분 '기생충'을 연상시킨다.

영화에서 계단은 중요한 장치인데 하류층의 사람들은 위로 오르고자 하나 쉽게 허락되지 않는다. 사기와 협잡 같은 불의한 수단으로 오르는 사다리는 판화에서처럼 불안정해 보인다. 계단 아래에서 청년은 귀부인을 꾀는 것 같고 지하실에 갇힌 남자는 영화에서 그대로 썼다고 해도 믿어질 지경이다. 벤치에 앉은 남자는 물리학적으로 도저히 있을 수 없는 도형을 바라보고 있는데 그에게는 산수경석과 같은 소중한 것일까.

화가는 교묘하게 형상을 변형하고 왜곡시켜 있을 수 없는 전망대를 우리에게 보여준다. 그것은 결국 상층부로 올라가 봤자 신기루와 같다는 현실을 알려주는 게 아닐까. 지하실의 남자가 어서 나오기만을 기원할 뿐이다.

마우리츠 코르넬리스 에셔
1898 - 1972

〈전망대〉
1958
wikiart

21

음악에 대한 그리움을
미술로 표현했을까?

안젤리카 카우프만
〈음악과 미술 사이에서 망설이는 자화상〉
1791

화가 요제프 카우프만의 딸인 안젤리카 카우프만은 어릴 때부터 뛰어난 음악 재능으로 유명했다. 천상의 맑은 음성과 건반 악기를 다루는 솜씨는 볼프강 아마데우스 모차르트에 비견되었다고 한다. 철학자 아르투어 쇼펜하우어는 '모든 예술은 음악을 동경한다'고 했지만 그녀는 음악의 길을 접어두고 미술이 이끄는 곳으로 따라가 화가로서 대성하게 된다.

서양화는 도상학적으로 흔히 왼쪽부터 시작해 오른쪽으로 그림을 보게 되는데 왼쪽은 과거를 나타내고 오른쪽은 미래를 표현한다. 악보를 든 음악의 뮤즈는 안타까운 눈길로 안젤리카 카우프만을 바라보고 그녀는 오른손으로 뮤즈를 달래며 마찬가지로 미안한 눈빛을 보낸다. 그리고 미술의 뮤즈는 붓과 팔레트를 들고 높은 산에 있는 신전을 가리킨다. 아마도 그리스 중부 핀도스산맥에 솟은 파르나소스산일 것이다. 불모의 석회암 산은 많은 예술가에게 영감을 줬다고 하는데 안젤리카 카우프만에게 어서 빨리 그림으로 명예의 전당에 오르자고 재촉하는 듯하다.

시인 로버트 프로스트는 '가지 않은 길'에서 숲속의 두 갈래 길 중 자신이 가지 않은 길에 대해 훗날 한숨을 쉬며 노래한다. 흔히 쓰는 표현인 '딜레마dilemma'는 그리스어로 두 번과 명제의 합성어인데 이러한 두 갈래 길을 상징하기도 한다. 안젤리카 카우프만도 자신이 가지 않은 음악의 길에 대해 그리워했을까. 그림이 그리움에서 왔다는 말처럼 어쩌면 화가는 자신이 선택하지 않은 음악에 대한 그리움을 미술로 표현한 것인지도 모르겠다.

22

철저한 사실적 묘사로
착각을 일으키는 눈속임

조르주 쇠라
〈그랑드 자트 섬의 일요일 오후〉
1884 – 1886

조르주 쇠라는 파리의 국립미술학교 도서관에서 그의 생애에 큰 영향을 미치게 되는 책을 발견했는데 그것은 화가 겸 판화가인 윔베르 드 쉬페르빌의 '절대적인 미술 기호들에 관한 평론'이었다. 거기엔 미학의 장래 방향 및 선과 이미지의 관계를 다룬 내용이 담겨 있었다. 조르주 쇠라는 또한 수학과 음악을 결합한 미학자 다비드 쉬테르의 작품에서도 깊은 인상을 받았다. 그리고 화학자 미셸 외젠 셰브룈을 만나 빛의 색채 범위에 관한 그의 이론을 실험하여 삼원색인 빨강, 노랑, 파랑과 그것들의 보색들로 얻을 수 있는 효과를 연구했다. 짧은 활동 기간 내내 조르주 쇠라는 미술의 지적이고 과학적인 기초에 매우 강한 관심을 보였다.

색의 대비를 작은 색점들로 병치하여 빛의 움직임을 묘사한 점묘파는 이러한 조르주 쇠라의 노력으로 탄생했다. 파리 근교의 섬에서 맑고 화창한 여름 하루를 보내고 있는 사람들의 모습을 그린 '그랑드 자트 섬의 일요일 오후'라는 작품에 가까이 다가서면 화면 전체의 대상과 인물이 모두 작은 색점으로 구성되었다는 것을 알 수 있다. 그림 오른쪽에 서 있는 여인의 치마는 파랑으로 보이지만 가까이서 보면 빨강, 보라, 노랑, 초록, 하양 점으로 구성되어 있다. 마찬가지로 그늘의 잔디밭 속 햇살이 내리쬐는 부분은 빨강, 노랑, 초록, 하양 점으로 되어 있지만 떨어져서 보면 노랑을 띤 초록처럼 보인다.

색점들은 멀리서 바라보면 한 가지 색채로 어우러지도록 과학적으로 선택되었다. 온통 이런 색점들로만 뒤덮인 화폭은 선을 전혀 사용하지 않았는데도 형태를 뚜렷이 나타내며 묘사된 모든 대상은 흔들리는 강렬한 빛을 흠뻑 받고 있다. 이 점들의 일정한 크기는 그림의 전체 크기와 조화를 이루도록 치밀하게 계산되었다. 점묘파의 그림은 약 10미터 이상

떨어진 거리에서 보면 점들을 전혀 구별할 수 없게 된다. 그것은 파동이 진행하다가 장애물을 만났을 때 장애물의 뒤쪽에도 파동이 전파되는 현상인 빛의 회절을 이용한 것이다. '트롱프뢰유'란 실물과 같을 정도의 철저한 사실적 묘사로 착각을 일으키는 눈속임 그림을 가리키는데 점묘파의 그림도 다른 의미에서 우리의 눈을 속이는 것이리라. 그것도 과학과 미술의 교집합을 이용해서 말이다.

23

인생은 얻어맞고도 움직이며 나아갈 수 있는가를 묻는다

조지 벨로스
〈뎀시와 피르포〉
1924

1923년 9월 14일에 열린 권투 경기에서 흰 트렁크를 입은 잭 뎀시가 자주색 트렁크를 입은 아르헨티나 출신의 루이스 앙헬 피르포의 펀치를 맞고 링 밖으로 떨어지고 있다. 두 선수는 뺏고 뺏기는 다운을 반복한 끝에 결국 잭 뎀시가 승리를 거두게 된다. 조지 벨로스가 그린 이 작품은 역동적인 순간을 포착해 역사상 가장 유명한 권투 그림으로 남게 되었다.

　　권투 영화로서 가장 유명한 건 '록키' 시리즈일 것이다. 어릴 때 비디오테이프로 본 영화들인데 DVD로 모두 구입해 하루에 한 편씩 몰아서 보니 '록키' 시리즈는 권투 영화라기보다 가족 영화가 아닐까 싶다. 주인공인 록키 발보아는 가족 없이 애완용 거북이를 기르던 무명의 복서였는데 챔피언에 도전할 수 있는 기회를 잡고 평소 마음에 담아둔 여자에게 고백한다. 그런데 그 고백이란 것이 단순히 사랑한다는 게 아니라 가족이 되어달라는 거였다. 세월이 흘러 예전 챔피언이자 록키 발보아를 도와줬던 아폴로 크리드의 아들이 나타나 록키 발보아에게 훈련을 받으면서 '크리드' 시리즈로 이어지고, '록키 4'에서 대결한 아폴로 크리드와 이반 드라고의 아들들이 '크리드 2'에서 대를 이어 적으로 만난다. 주인공인 아도니스 크리드는 청력을 잃어가는 음악가와 사랑에 빠지고 아이를 낳는데 아이 또한 유전적으로 청력에 문제가 있다. 한편 자신의 유명세 때문에 고통받던 아들과 연이 끊긴 록키 발보아는 아들을 만나보러 먼 여행을 떠난 끝에 아들과 화해하고 손자를 처음 만나게 된다.

　　영화를 보면서 빌 콘티의 그 유명한 음악 'Going The Distance'가 흘러나오면 권투선수처럼 주먹을 움켜쥐게 되더라. 음악의 제목은 권투에서 마지막 라운드까지 싸운다는 뜻으로 그야말로 승패를 떠나 권투의 정신을 담고 있다고 하겠다. '록키'의 명대사처럼 말이다. '인생은 얼마나 센 펀치를 날릴 수 있느냐가 아니다. 얻어맞고도 계속 움직이며 나아갈 수 있느냐다.' 조지 벨로스의 그림을 다시 보니 이 음악이 흘러나올 것만 같다.

24

만약 그런 상황이
닥친다면

라파엘로 산치오
〈친구와 함께 있는 화가의 초상〉
1518

전래동화로 기억하는데 아버지와 아들이 누가 더 좋은 친구를 두고 있나 내기를 하는 이야기가 있다. 각자의 친구에게 살인을 저질렀다고 거짓말을 할 때 친구의 반응을 본다는 내용이다. 잘 아는 것처럼 아들의 친구들은 살인자가 된 아들을 외면하고 쫓아내기 일쑤지만 아버지의 친구는 손수 시체를 처리해 주겠다며 아버지에게 손을 내민다. 대충 어려울 때 친구가 진정한 친구라는 교훈을 주는 전래동화였다고 기억한다.

그런데 생각해보면 정말 무서운 이야기가 아닌가 싶다. 만약 내 친구가 밤에 나를 찾아와 살인을 저질렀으니 도와달라고 한다면 나는 어떻게 할 것인가 하고 오래도록 생각해보게 된다. 물론 자수를 권유하는 게 가장 정답에 가까울 것이다. 하지만 친구가 정말 인간쓰레기 같은 놈을 우발적으로 죽인 거라며 아내와 어린 딸을 두고 감옥에 갈 수 없다고 내게 호소해도 나는 무조건 자수를 권유할 수 있을까. 어쩌면 전래동화 속 아버지의 친구처럼 시체를 함께 처리하자고 친구의 손을 잡아주는 걸 친구는 바라지 않을까. 이런 꼬리에 꼬리를 무는 상상의 나선이 나를 두렵게 한다.

라파엘로 산치오는 뒤에 서서 이름이 알려지지 않은 친구의 어깨에 가만히 손을 올려놓는다. 일각에서는 펜싱을 가르치는 선생이라고도 한다. 어쨌든 친구는 손가락으로 무언가를 가리키며 화가에게 시선을 보낸다. 시체라도 함께 처리하자는 것일까. 그래, 이 그림을 보면서 결심했다. 만약 그런 상황이 닥친다면 친구의 어깨에 손을 올려놓고 그의 눈을 가만히 들여다보겠다고. 그리고 친구가 원하는 바를 들어주겠다고. 그것이 세상의 법리에 저촉되는 것이라 할지라도.

25

샤덴프로이데,
고약한 인간의 본성을 꿰뚫는 말

프란츠 폰 슈투크
〈여자를 차지하기 위한 싸움〉
1905

엄청나게 원초적인 그림이다. 두 남자는 아마도 여자를 차지하기 위해 한 명이 죽을 때까지 싸울 것이다. 두 수컷에게는 모든 것을 가지느냐, 아니면 모든 것을 잃느냐의 문제이기 때문이다. 그런 사정을 잘 아는 여자는 허리에 손을 얹고 다소 거만한 표정으로 그 싸움을 지켜보고 있다. 아니, 그녀의 시선은 두 남자의 싸움을 향해 있는 것 같지도 않다. 승자가 누구인가보다 그저 상황 자체를 즐기는 것처럼 보이기도 한다. 이 싸움이 끝나고 나중에 멀리서 다른 남자가 오면 그녀는 또다시 이러한 싸움을 지켜볼 것이다. 똑같은 표정을 하고 말이다.

라이벌rival의 어원은 강river에서 유래했다. 강을 사이에 둔 이웃 혹은 부족이 물줄기를 두고 경쟁했다는 데서 연유했다. 라틴어로 개울물을 리발리스rivalis라고 하는데 이 또한 단어의 흔적을 찾을 수 있다. 그러나 여자를 차지하기 위한 일생일대의 싸움을 단순히 라이벌이라는 어휘로 한정할 수는 없어 보인다.

독일어에 샤덴프로이데Schadenfreude라는 단어가 있다. 고통, 슬픔 등을 의미하는 샤덴Schaden과 기쁨을 의미하는 프로이데Freude가 연합하여 만들어진 개념이다. 남의 고통을 즐거워한다는 뜻이다. 거만한 여자의 표정에서 이 단어가 떠오른다. 그녀는 아마도 누워 있는 패자의 얼굴을 내려다보며 살짝 웃을 것이다. 그리고 보니 웃음이라는 단어도 위에 있음이란 말의 줄임 같기도 하다. 어쨌든 그녀는 누워 있는 패자를 바라보며 위에서 샤덴프로이데라고 읊조리지 않을까. 발음해볼수록 참말로 고약한 단어이지만 인간의 본성을 꿰뚫는 어휘 같기도 하다. 독일 철학자 마르틴 하이데거가 '언어는 존재의 집'이라고 했듯이 독일에서 철학이 발전한 이유는 이러한 단어가 독일어로 존재하기 때문이 아니겠는가. 그리고 보니 프란츠 폰 슈투크도 독일 화가인가.

26

악마의 유혹, 파멸로 향하는 질주

1988년 서울 올림픽의 남자 육상 100미터 결승전이 아직도 잊히지 않는다. 캐나다의 벤 존슨이 검은 탄환처럼 가장 먼저 결승선을 통과하는 장면을 라이브로 보며 폭발할 것 같은 속도와 근육에 전율했다. 9.79초라는 세계신기록 자막이 뇌리에 선명하다. 하여 나는 올림픽의 꽃이 마라톤이라고 말하는 이와는 두 시간을 넘게 함께 있어도 그 사람에 대해 알고 싶은 마음이 생길 것 같지 않지만 올림픽은 역시 육상 100미터라고 말하는 이를 만나면 10초도 걸리지 않은 순식간에 그 사람에게서 호감을 느낄 것 같다.

그런데 결승전 며칠 후 나의 영웅 벤 존슨이 금지 약물에 손댔다는 것이 밝혀졌고 도망치듯 자신의 나라로 가버렸다. 미국의 칼 루이스가 대신 금메달을 목에 걸게 된 것이다. 어떠한 판단을 내리기에는 어린 나이였지만 한순간에 나락으로 떨어진 영웅의 초라한 뒷모습이 인상에 강렬했다.

시간이 흐르고 나는 야구와 메이저리그에 열광하게 되었다. 특히 보스턴 레드삭스를 응원하면서 안타까운 패배에 분루를 삼키기도 했고 극적으로 우승해 환희의 눈물을 흘리기도 했다. 그런데 내가 그렇게도 열광했던 매니 라미레즈와 데이비드 오티즈라는 우상들이 스테로이드 같은 금지 약물에 손댔다는 것이 밝혀졌을 때 나는 일그러진 영웅 벤 존슨이 떠올랐다.

금지 약물의 폐해는 공정한 경쟁의 장이어야 할 스포츠가 누구의 기록이나 위업도 믿지 못하게 되는 불신의 상징으로 화한다는 점이다. 그리고 그 금지 약물이 종국에는 달콤한 유혹에 넘어간 선수의 건강과 생명을 위협한다는 사실이다. 우승해서 가장 높은 위치에 서는 것이든 가장 빨리 결승선을 통과하는 것이든 금지 약물의 도움을 받았다면 그것은 죽음을 타고 오르거나 달린 것이 아닐까.

장 미셸 바스키아
1960 - 1988

〈죽음을 타고〉
1988
wikiart

흑인 화가 장 미셸 바스키아는 폭풍 같은 유명세가 도리어 그를 파멸시켰다. 슬럼프에 빠지자 비평이 가혹해졌고 그 충격으로 마약에 손대기 시작했다. 1988년에 그린 이 그림이 장 미셸 바스키아가 남긴 마지막 작품이며 그는 그해 스물일곱 살이라는 젊디젊은 나이에 약물 중독으로 죽었다. 서울 올림픽이 개최되기까지 한 달도 남지 않은 때였다.

27

100점이나
90점이나 '같다'

얀 스테인
〈학교 선생님〉
1663 – 1665

초등학교 때 첫 받아쓰기 시험이 생각난다. 선생님께서는 열 문제를 내셨는데 열 번째 문제가 '갔다'였다. 아마도 선생님은 받침 부분에 쌍시옷의 활용을 제대로 구사하라는 취지에서 시험 문제로 내셨던 것 같다.

그런데 나는 '같다'라고 답을 적었고 결국 그 문제를 틀려 90점을 받았다. 지금 같으면 선생님의 발음이 '갔다'와 '같다'가 같지 않냐고 따져라도 봤으련만 당시 초등학교 1학년생에게 담임선생님은 얼마나 지엄한 존재였겠나. 90점짜리 시험지를 들고 터덜터덜 집으로 향하던 하굣길의 기분이 지금도 또렷하다.

사람의 기억이란 참 신기한 게 다른 아홉 문제는 전혀 생각나지 않지만 '같다'라는 단어를 볼 때면 당시에 느꼈던 하굣길의 기분까지 그대로 떠오르게 된다. 아마도 초등학교 첫 받아쓰기 시험에서 100점을 받았다면 30년도 더 지난 지금에는 그 기억조차 없었을 것이다. 마지막 문제를 '같다'로 써서 틀렸기 때문에 지금까지 그 기억이 추억으로 변해 남아 있지 않겠나 싶다. 요한 볼프강 폰 괴테가 그랬던가. '괴로움이 남기고 간 것을 맛보아라. 고통도 지나고 나면 달콤한 것이다.'

우리말은 글로 쓸 때 맞춤법과 띄어쓰기가 꽤 어렵다고 생각한다. 외계어처럼 문법을 파괴하는 것도 문제지만 맞춤법과 띄어쓰기라는 정해진 규격에 우리말을 욱여넣는 것도 문제이지 않겠는가. 살아서 뛰어다니는 우리말을 문법이란 일률적인 틀에 가둬놓으면 상상력과 창의력은 90점짜리 시험지를 들고 터덜터덜 집으로 돌아가리라. 하여 이제는 '같다'라는 단어를 볼 때마다 소환되는 초등학교 1학년생인 어린 나에게 가만히 속삭여주겠다. 90점도 잘한 거라고, 100점이나 90점이나 '같다'고.

28

슬픔이 박제가
되어버린 순간

프랭크 톱햄
〈1665년 런던에서 흑사병으로부터 사람을 구하다〉
1898

사무엘 페피는 자신의 일기에 흑사병이 휩쓸고 있는 1665년의 런던을 기록으로 남겼다. 그 안에는 마지막 남은 딸을 살리기 위해 창문 밖의 다른 이에게 딸을 건네는 슬픈 부부 이야기가 나온다. 부모는 다른 자식들을 잃은 집 안이 더는 안전하지 않고 자신들 또한 병균에 전염됐다고 생각한 것일 테다.

200년도 더 지나 프랭크 톱햄은 그 일기를 토대로 그림을 그렸다. 붉은 십자가 아래 죽은 여인 등 거리에는 시신이 넘쳐나는 가운데 부모는 딸아이를 창문을 통해 다른 이에게 보낸다. 아마도 집 안에 있는 옷에는 병균이 묻어있다고 판단한 이가 아이를 발가벗기라고 했을 것이다. 그렇지 않으면 이미 아이의 몸에 열이 심해 부모가 옷을 벗겨 조금이라도 열을 식히려고 한 것인지도 모른다. 어쨌든 옷을 하나도 걸치지 않은 소녀는 그 때문에 천사처럼 보이기도 한다. 이 지옥도에서 천사라니. 그 천사는 엄마 옷의 앞섶을 꼭 쥐고 부모와 떨어지지 않겠다는 의지를 표한다. 하지만 엄마는 입술을 굳게 닫으며 딸을 떼어놓으려고 해 보는 이의 슬픔을 더욱 자극한다. 창틀에 손을 짚은 아빠의 표정이 잘 보이지는 않지만 우리는 쉽게 상상할 수 있다. 그는 이 어찌할 수 없는 불행을 저주하고 있을 것이다. 나는 아빠의 심정을 더는 헤아릴 수 없어 어서 빨리 천사 같은 아이가 옷을 들고 있는 다른 소녀에게 인계되었으면 하고 바랄 뿐이다.

그러나 그림은 순간적으로 영원하다. 슬픔의 순간이 이렇게 박제되어버리는 것이야말로 그림이 가지는 위대함이자 동시에 저주일 것이다.

PART 2

:

세상의 어둠과
슬픔을 바라볼 때

29

호시탐탐 노리는
간악한 이들을 미워하련다

조르주 드 라 투르
〈속임수〉
1633 - 1639

트럼프 카드는 승리를 뜻하는 '트라이엄프triumph'에서 유래했는데 사실 일본식 영어를 우리가 그대로 베낀 것이다. 어쨌든 놀이가 도박으로 넘어가면 모든 이들은 패배자가 된다. 그렇게 생각하지 않는 이들에게는 후쿠모토 노부유키의 만화 '도박묵시록 카이지'를 추천한다.

'사기 도박꾼'으로도 불리는 이 그림의 오른쪽에 앉은 젊은 도련님도 곧 패배자가 되어 가지고 있는 모든 돈을 잃고 패가망신할 것이다. 성적 문란함과 술과 도박이라는 세 가지 죄악이 그를 기다리고 있기 때문이다. 가운데에 앉아 있는 여자는 매춘부로 여성의 유혹을 의인화한다. 서 있는 여자는 또 다른 죄악인 술을 권하고 있다. 그리고 카드 사기꾼은 다이아몬드 에이스를 뒤에 숨겨 놓고 있다. 순진한 도련님을 등쳐먹을 세 남녀의 눈빛이 의미심장한데 특히 카드 사기꾼인 남자가 관람자인 우리를 보고 있어 우리는 이 사기판에서 방조자가 된 느낌이 든다. 참고로 조르주 드 라 투르는 다이아몬드 에이스 대신 스페이드 에이스를 숨겨 두고 있는 다른 버전도 그렸다.

그런데 술과 도박과 성적 유혹만이 죄악일까. 그리고 순진한 젊은이만 죄악에 노출될까. 그렇지는 않을 것이다. 수많은 죄악이 남녀노소 모두를 위협하고 있다. 더구나 요즘에는 속이는 놈보다 속는 사람을 더 탓하는 이상한 풍조도 있다. 이 그림을 보는 많은 이들도 순진함의 대명사인 젊은 도련님에게 연민의 감정이 생기지 않을지도 모르겠다. 그가 유혹에 굴복했다는 이유로 말이다. 그러나 나는 언제나 유혹에 노출된 약한 사람들보다 그들을 등쳐먹으려고 호시탐탐 노리는 간악한 이들을 미워하련다. 특히 보이스피싱 같은 범죄로 노인의 돈을 뺏고 마음을 다치게 하는 이들은 더 큰 벌을 받아야 하지 않겠는가.

30

사회는 과거의 인물이나 성취를 잣대로 삼곤 한다

마르셀 뒤샹은 레오나르도 다 빈치의 '모나리자'가 인쇄된 엽서 위에 염소수염을 그려 넣고는 아래쪽에 작품의 제목인 'L.H.O.O.Q.'라는 문자를 써 놓았다. 프랑스식으로 읽으면 '엘.아쉬.오.오.퀴.'인데 이 글자들은 속된 관용구인 '그녀의 엉덩이는 뜨겁다Elle a chaud au cul'라는 문장을 언어유희를 사용해 발음대로 표기한 것이다. 온화한 미소와 성스러운 얼굴의 부인을 저속하고 음탕한 여자로 만들어버렸다.

왜 그랬을까. 그저 장난이었을까. 아니면 고의로 위대한 거장인 레오나르도 다 빈치와 최고의 걸작인 '모나리자'를 한꺼번에 추락시키고자 했을까. 아마도 아닐 것이다. 마르셀 뒤샹은 과거의 화가와 작품만 훌륭한 것이 아니라 지금의 미술도 가치가 있다는 걸 말하고 싶었던 게 아닐까. 동시에 과거의 예술 작품에 거금을 쏟아부어 투기의 대상으로 삼는 자들에 대한 조롱이 아니었을까. 뜨거운 엉덩이의 그녀만이 마르셀 뒤샹의 진의를 알고 신비한 미소를 머금고 있다.

사람들은 목표를 정하고 이루고자 할 때 과거의 인물이나 성취를 잣대로 삼곤 한다. 그러나 그것은 한계가 있기 마련이다. 더 큰 꿈을 위해서는 과거의 업적을 뛰어넘겠다는 자만이 섞인 용기도 필요하다고 본다. 마르셀 뒤샹이 레오나르도 다 빈치의 명성과 위업을 앞지르기는 어렵겠지만 그 기상만은 훌륭하다고 평하겠다.

참고로 이 작품은 흑백 버전이 1919년에 만들어진 원본이고 컬러 버전은 후에 나온 복제품이다. 어차피 거장의 명작에 손을 댄 후 개념을 표시한 작품이기 때문에 원본과 복제품의 차이를 논하는 게 의미는 없겠지만 말이다.

마르셀 뒤샹
1887 - 1968

〈L.H.O.O.Q.〉
1919
wikiart

31

우리는 댓글이라는 곤봉을 휘두르며 결투를 벌인다

파란 하늘 아래의 스페인 카스티야의 고원에서 두 남자가 결투를 벌이고 있다. 무릎까지 잠긴 흐르는 모래에서 두 남자는 곤봉을 휘두르고 있는데 왼쪽의 남자는 이미 눈가에 피를 흘리고 있다. 아마도 어느 하나가 죽을 때까지 이 결투는 끝나지 않으리라. 아니, 어쩌면 결투가 끝나기 전에 흐르는 모래가 둘 모두를 삼켜버릴지도 모르겠다.

인터넷은 거대한 저주의 에너지가 흐르고 있는 곳인 듯하다. 거기서 우리는 결투를 벌인다. 댓글이라는 곤봉을 휘두르는 것이다. 흐르는 모래 속에서 인간성이 점점 잠식되고 있는지도 모르고 계속해서 곤봉만 휘두르고 있다. 자신의 댓글에 상대는 피를 흘리고 곤봉질은 또 다른 댓글로 앙갚음한다. 이쯤 되면 정보의 바다라는 인터넷은 진흙탕이나 매한가지가 아닐까. 거기서 결투하는 그 누구도 승자가 될 수 없다. 모두가 피 흘리고 쓰러지는 패자인 것이다.

프란시스코 데 고야
〈결투〉
1820 – 1823

물론 모든 댓글이 다 그런 건 아니다. 촌철살인의 댓글이나 재치가 넘치는 댓글도 있고 가슴이 훈훈해지는 댓글도 있다. 그러나 곤봉질 같은 악랄한 댓글의 폐해는 선량한 댓글의 효용성을 덮어버릴 만큼 너무나도 심각하다. 그렇다면 우리 자신이 흐르는 모래에 잠겨버리기만을 기다려야 할까.

나는 제도의 문제에 앞서 인간성 회복을 먼저 강조하고 싶다. 자신이 날카로운 활자로 상대를 찌르고 있는 건 아닌지 스스로 돌아봐야 한다. 우리는 저주의 희생자가 아니라 인간이기 때문이다. 그리고 인터넷은 저주의 굿판이 아니라 우리가 살아가는 또 다른 현실이기 때문이다. 댓글을 달기 전에 한 번만 더 인간성을 떠올렸으면 한다. 그 댓글이 달리기 전에 정말 그것이 내 생각과 일치하는지, 남 앞에서 그 댓글을 말로 옮겨도 부끄럽지 않은지 한 번만 더 돌아봤으면 싶다. 나부터 그렇게 하겠다.

32

당신께
묻고 싶습니다

조지 월러비 메이너드
〈혁명의 군인〉
1876

오늘 저는 총을 쏘고 왔습니다. 손을 조금 떤 것 같기도 하군요. 제 손끝의 화약 냄새 때문에 당신은 저를 알베르 카뮈의 '이방인' 속 뫼르소로 보고 있지는 않나 모르겠습니다. 재판정에서, 그리고 언론매체를 통해서 저는 당신의 양심을 들었습니다. 평화와 반전에 대한 양심을 지키기 위해 병역과 집총을 거부한다지요. 그러면서 '모든 국민은 양심의 자유를 가진다'는 헌법 제19조를 외치셨죠. 저는 그런 당신께 묻고 싶었습니다. 특정 종교와 개인적 신념으로 양심이라는 보편적 어휘를 선점해 버리신 것은 아닙니까? 만약 그것이 양심이라고 하더라도 어떻게 추상적인 개념인 양심이 합리적으로 명시된 국방의 의무를 저버리는 변명이 될 수 있단 말입니까?

당신은 전쟁과 살상 무기를 적으로 생각하고 있습니다. 그러나 제가 생각하는 적은 전쟁이나 무기 같은 추상적인 개념이 아닙니다. 저는 선량한 사람들을 억압하는 독재 정치, 죄 없는 어린이를 굶주리게 만드는 집단, 그리고 제 가족과 국가를 위협하는 실체적 존재를 적이라고 생각합니다. 어쩌면 평화의 반대말은 전쟁이 아니라 압정이나 기아, 위협일지도 모릅니다. 제가 날카로운 활자로 당신의 종교적 신념을 너무 매섭게 공격한 건 아닌지요. 당신이 양심의 자유를 향유하는 동안 저는 국방의 의무를 짊어져야 하기에, 당신이 신념에 찬 눈빛으로 헌법 제19조를 외치는 반면 저는 묵묵히 헌법 제39조 1항인 국방의 의무를 다하기에 당신께 몇 마디 한 것이니 너무 섭섭해하지는 마십시오.

미국의 26대 대통령 시어도어 루스벨트는 '군인이 되려고 하지 않고 자란 남자나 군인이 되라고 아들을 키우지 않는 어머니는 국민이 될 자격이 없다'고 말했지만 저는 가족과 국가는 물론 당신의 양심까지도 적으로부터 지키기 위해 오늘도 내일도 총을 쏘겠습니다.

33

마음속 정의가 흔들릴 때마다
그 눈빛을 기억한다면

헤라르트 다비트
〈캄비세스 왕의 심판 Ⅰ〉
1498

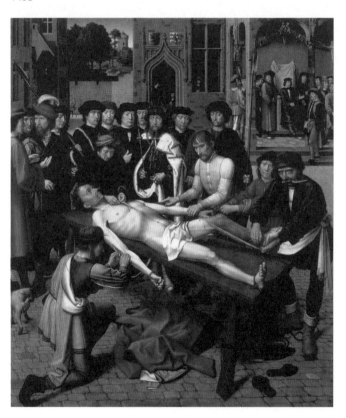

고대 페르시아에 시삼네스라는 재판관이 있었다. 그는 돈을 받고 판결을 팔았는지라 왕인 캄비세스는 시삼네스의 살가죽을 벗기라는 형벌을 내렸다. 생피박리형, 즉 살아있는 사람의 살가죽을 벗기는 것은 가장 잔인한 형벌이리라. 그러나 더 잔인한 게 있었으니 그 재판관의 살가죽으로 다음 재판관의 의자에 펼쳐 깔도록 했다. 그리고는 시삼네스의 아들인 오타네스를 이 의자에 앉을 새 재판관으로 임명했다. 아버지의 살가죽에 앉은 재판관이 과연 부정을 저지를 수 있겠는가.

헤라르트 다비트의 그림은 살가죽을 벗기는 형벌 집행의 순간을 묘사하고 있다. 시삼네스는 실신한 듯 미동조차 없고 집행인들은 무표정하게 잔인한 형벌을 가하고 있는데 화가는 흐르는 피까지 사실적으로 그리려고 노력했다. 주변에는 캄비세스 왕과 함께 신하들과 법관들이 형벌을 지켜보고 있다. 당연히 일벌백계가 될 것이다. 화가는 같은 제목의 두 번째 그림으로 시삼네스의 아들 오타네스가 아버지의 살가죽이 덮인 의자에 앉아 있는 모습을 그려 우리에게 교훈을 주고자 한다.

우리나라 대법원에는 초대 대법원장인 김병로의 초상화가 걸려 있다고 한다. 다만 깊숙한 곳에 있어 일반인들은 그의 깐깐하고 형형한 초상화 속 눈빛을 보기 어렵다는데 공개된 장소로 옮겨 많은 이들이 볼 수 있게 해야 하지 않을까 싶다. 어쨌든 법조인들은 김병로의 초상화에서 그의 준엄한 눈을 직접 봐보라. 마음속 정의가 흔들릴 때마다 그 눈빛을 기억한다면 사법부는 국민의 존경을 다시 회복할 수 있을 것이다.

34

보지 않으려는 사람보다
더 눈이 먼 사람은 없다

피터르 브뤼헐
〈장님을 이끄는 장님〉
1568

마태복음 15장에 나오는 이야기로 예수 그리스도의 가르침을 못마땅해하고 비웃는 바리새파 사람들에 대해 예수 그리스도가 제자들에게 말했다. 그들을 내버려 두라고. 그들은 눈먼 이들의 눈먼 인도자들이라고. 눈먼 이가 눈먼 이를 인도하면 둘 다 구덩이에 빠질 것이라고. 피터르 브뤼헐은 이 성경의 내용을 그림으로 그렸는데 예수 그리스도의 가르침처럼 정말 시각장애인을 표현한 것이 아니라 보고도 보지 못하는 눈뜬 장님이 많은 세태를 풍자한 것이리라.

그런데 좀 다른 내용이지만 고대의 전쟁 포로에 대해 잔인한 이야기를 읽은 적이 있다. 승자의 입장에서 수천, 수만 명의 포로를 모두 죽일 수가 없고 산 채로 땅에 묻기도 어려웠다. 그렇다고 살려서 돌려보내면 언젠가 자신을 향하는 창으로 다시 돌아올 것이다. 그래서 고안한 방법이 포로들의 눈을 모두 뽑아서 돌려보냈다고 한다. 모든 포로들의 눈을 뽑으면 그림처럼 그들이 제대로 걸을 수도 없을 것이므로 긴 줄의 다섯 사람마다 한 명씩은 한쪽 눈만 뽑았다. 한쪽 눈만 남겨진 사람이 길을 인도하게 말이다. 눈이 뽑힌 포로들이 줄지어 고향으로 돌아오는 모습은 정말 기괴하고 무서웠을 것이다. 그 장면을 보는 사람들이 다시는 적국을 상대로 반항을 할 수 없게 공포를 심어두는 효과도 있지 않았을까.

그 잔인함 때문일까. 예수 그리스도의 가르침과 피터르 브뤼헐의 그림이 다시 보인다. 눈은 떴지만 앞을 보지 못하는 청맹과니와 같은 지도자 때문에 일반 백성들은 포로가 되어 눈이 뽑힐 수도 있는 노릇이다. 눈뜬 장님 뒤에 서 있었다는 이유만으로 말이다. 물론 현대 민주주의는 안타깝게도 스스로 자신의 눈을 가리고 눈뜬 장님과 같은 지도자를 맹목적으로 선택하기도 한다. 보지 않으려는 사람보다 더 눈이 먼 사람은 없다.

35

장 레옹 제롬
〈폴리세 베르소〉
1872

리들리 스콧 감독은 원래 '글래디에이터'의 연출을 거부했다. 그런데 영화사에서 이 그림을 보여주며 마음을 돌렸다고 한다. 과연 이 그림의 어느 부분이 명감독의 마음을 돌렸을까.

제목인 'Pollice Verso'는 라틴어로 엄지손가락을 아래로 돌려세운다는 뜻이다. 그림과 영화에서 군중들은 검투사에게 패자의 목숨을 거두라는 의미로 엄지손가락을 아래로 돌려세운다. 황제조차도 그런 군중의 광기를 마음대로 무시할 수는 없다. 리들리 스콧 감독은 장 레옹 제롬의 그림을 보면서 극장의 관객들이 자신의 영화를 보며 엄지손가락을 위로 세우는 모습을 꿈꾸지 않았을까.

현대를 사는 우리에게는 스포츠야말로 변형된 검투장이 아니겠는가. 원형경기장을 뜻하는 키르쿠스가 서커스로 변했듯이 실제로 사람을 죽이는 검투장의 볼거리는 이제 가상으로 상대를 죽이는 볼거리인 스포츠로 옮겨간 것이다. 굵은 땀방울을 흘리며 승부를 가리는 젊은 선수들의 모습을 보면서 열광하는 모습은 로마 시대 군중의 광기를 그대로 이어받았다. 그리고 보니 스포츠를 즐기는 팬이란 말 자체가 광기를 의미하는 것이 아닌가.

현대의 스포츠는 목숨을 바치지 않는 대신 거대한 돈이 오고 간다. 선수들의 몸값은 천정부지로 오르고 경기의 승패에 거는 도박은 셀 수도 없는 검은돈을 움직인다. 갈채라는 단어는 스포츠에서 뛰어난 플레이에 박수갈채가 이어졌다는 식으로 쓰인다. 그런데 그 갈채의 어원이 재밌다. 한자로는 '喝采'로 쓰는데 쉽게 풀면 '색깔을 외치다'라는 뜻이다. 원래는 도박에서 숫자 대신 색깔이 있는 주사위를 던질 때 자신이 돈을 건 색깔을 힘껏 외치는 데서 유래했다고 한다. 스포츠와 도박은 이리도 오랜 인연을 이어온 것이다. 그림을 다시 보니 엄지손가락을 아래로 내리는 광란의 군중들도 아마 돈을 잃은 게 아니었을까 싶다.

36

사회와 시스템은 죽음 앞에서 너무도 쉽게 멈춰 선다

피터르 브뤼헐
〈죽음의 승리〉
1562 – 1563

지옥의 장면을 보지 않고는 지옥변상 병풍을 그릴 수 없다고 고집하는 화가 요시히데에게 호리카와 영주는 자신의 시녀이자 화가의 딸을 우마차에 태우고는 불을 질러 화가에게 그림을 그리게 시킨다. 요시히데는 딸의 죽음이라는 지옥 그 자체인 서늘한 그림을 완성하고 스스로 목을 매달아 죽는다. 피터르 브뤼헐의 '죽음의 승리'를 보고 있자면 아쿠타가와 류노스케의 소설 '지옥변'이 생각난다.

　　코로나바이러스감염증-19는 전염병이 생명뿐만이 아니라 정신과 마음까지 황폐화한다는 점에서 중세의 흑사병을 떠올린다. 그림처럼 왕이든 귀족이든 성직자든 일반 백성이든 그들은 죽음 앞에 매한가지로 패배하고 만다. 현대의 전염병도 그렇지 않을까. 아니다. 중세든 현대든 지위가 낮고 더 가난한 사람이 더 큰 고통과 피해를 받게 되는 것이리라.

　　어쨌든 사회와 경제의 모든 시스템은 죽음 앞에서 너무도 쉽게 멈춰 선다. 내가 그렇게 좋아하는 야구 경기가 열리지 않고 영화를 볼 수 있는 극장이 문 자체를 닫아버리니 말이다. 여하튼 그것은 수많은 사람의 죽음을 생각해볼 때 너무나 치기 어린 볼멘소리일 따름이다.

　　이 현대의 전염병 사태를 겪으며 정치와 종교 지도자들이 사실 큰 구실을 할 수 없다는 사실을 실감하게 되었다. 의사와 간호사들의 헌신적인 희생이 얼마나 고마운지도 새삼 알게 되었고 가족이 큰 힘의 원천이라는 것도 다시금 느끼게 되었다. 전염병에 걸린 자신의 할머니를 간병하기 위해 일부러 격리 병동에 들어간 청년의 이야기는 깊은 울림을 줬다. 그러한 헌신과 희생만이 우리가 죽음을 상대로 승리할 수 있는 길일 것이다.

37

〈엘긴 마블〉
기원전 5세기경

친구에게 책 한 권을 빌려준 적이 있다. 언젠가 주겠지 하며 기다리다가 한 번씩 만날 때마다 돌려달라고 하면 가져다준다는 걸 깜빡했다며 넘어가다 보니 몇 년이 훌쩍 지나버렸고 아직도 그 책을 못 받았다. 다른 친구에게는 얼마 되지 않은 돈을 빌려줬다가 갚으라고 채근하는 것도 몇 번을 넘기니 이 또한 몇 년이 넘어서도 아직껏 돌려받지 못했다.

고작 책이나 얼마 되지 않은 돈을 빌려주고도 돌려받지 못해 이렇게 마음을 쓰게 되는데 국보급 문화재를 빌려준 것도 아니고 약탈당했다면 어떤 심정일까. 파르테논신전의 외벽 처마 밑 좌우로 163미터에 걸쳐 수십 개의 사람 모양 조각이 부조 형태로 붙어 있었는데 영국인들이 1800년대 초에 통째로 뜯어내 런던의 대영박물관으로 옮겨버렸다. 당시 그리스는 오스만제국의 지배를 받고 있었는데 오스만제국 주재 영국 대사였던 엘긴 백작 토머스 브루스가 주도적인 역할을 해서 파르테논신전에서 가져온 조각품들을 '엘긴 마블'이라고 부른다. 그는 후에 문화재 약탈자라는 비판이 나오자 오스만제국으로부터 허가를 받았고 당시 파르테논신전이 허술하게 관리되었기 때문에 영국으로 옮기는 게 인류 유산의 보존이라는 측면에서 더 낫다고 주장했다. 어쨌든 빼앗긴 문화재는 비참하게도 이름까지 뺏긴 꼴이다.

그리스 정부는 영국과 대영박물관을 상대로 꾸준히 '엘긴 마블'을 돌려달라고 요구하지만 훔쳐간 쪽에서는 꿈쩍도 하지 않고 있다. 독일의 페르가몬박물관 또한 제국주의 시기에 터키에 있던 그리스 유물인 페르가몬신전 등을 오스만제국으로부터 헐값에 사들여 통째로 옮겨와 복원한 것이다. 우리나라도 일제강점기 때 헤아릴 수 없고 파악할 수조차 없는 수많은 문화재를 약탈당했기 때문에 남의 일처럼 생각되지 않는다. 훔쳐간 쪽에서 진솔한 사과와 함께 문화재를 돌려주지 않고서는 제국주의의 유령이 아직도 배회하지 않겠는가.

친구에게 오랜만에 연락해봐야겠다. 책과 돈을 돌려달라고.

38

선전의 도구,
상징의 언어가 된 그림

라자르 엘 리시츠키
〈붉은 쐐기로 흰색을 쳐라〉
1919

포스터란 광고나 선전 따위의 대중 전달을 위한 간략한 그림이나 도표를 가리킨다. 학창 시절 통일에 대한 염원이나 불조심에 대한 경계 따위로 많이들 그려보았을 것이다.

러시아에서는 1917년부터 황제의 추종자들과 새로운 공화국을 지지하는 자들 간의 내전이 발발했다. 1919년에 라자르 엘 리시츠키는 새로운 정부군을 지지하는 포스터를 그렸는데 바로 이 그림이다. 당시 제국의 추종자들을 백색 군대, 새로운 정부군을 적색 군대라고 불렀는데 삼각형의 붉은 쐐기는 검은색을 배경으로 한 흰색 원을 향해 있고 다른 작은 쐐기들도 큰 붉은 쐐기를 측면에서 지원하고 있다. 라자르 엘 리시츠키가 상징화한 큰 붉은 쐐기와 흰색 원 등은 사실적이지 않은 그림으로도 관람자에게 어떠한 뜻을 전달할 수 있다는 사실을 보여준다. 결국 러시아 내전은 1920년대 초반에 황제의 추종자들을 물리친 사회주의자들의 승리로 막을 내리게 된다.

100년 전에 라자르 엘 리시츠키가 처음 시도한 형식을 오늘날에는 흔하게 볼 수 있다. 직접 뜻을 전달하는 구상의 시대를 넘어 비유와 상징으로 대표되는 추상의 새로운 시대가 열린 것이다. 물론 그 후에는 현대 미술이라는 미명으로 화가 자신만이 뜻을 알 수 있는 그림들이 난무하게 되지만 말이다.

어쨌든 새로운 미술이여, 제국의 시대를 붉은 쐐기로 쳐라!

39

매트릭스, 관조해보거나
그것을 깨뜨리고 나오거나

마우리츠 코르넬리스 에셔
1898 - 1972

〈올라가기와 내려가기 Ⅱ〉
1960
wikiart

제목처럼 인물들은 영원히 올라가거나 영원히 내려가게 된다. 원래의 자리로 되돌아가거나 되돌아온다는 뜻의 재귀라는 개념을 설명할 때 많이 인용된다.

마우리츠 코르넬리스 에셔는 정교한 계산을 바탕으로 제작한 교묘한 판화로 유명하다. 형태의 변형과 형상의 왜곡으로 감상자에게 충격을 주고 역설적으로 시각적인 진실성에 대해 다시 한번 생각하게 만든다. 판화는 후드를 착용한 몰개성적인 인물들이 시스템 속에서 반복적인 일을 하고 있다는 은유를 보여주는 게 아닐까. 결과적으로 상승할 수도 없고 하강할 수도 없는 제자리걸음을 하고 있으면서 말이다.

그런데 나는 군중과 떨어져 있는 두 인물이 눈에 들어온다. 한 명은 그 시스템을 관조하고 있다. 그는 사람들을 올려다보며 무슨 생각을 하고 있을까. 다른 한 명은 계단에 앉아 두 손을 모으고 기도를 하는 것처럼 보인다. 그리고 조만간 계단을 내려가서 판화 밖으로 나와버릴 것 같다. 어느 것이 정답인지는 알 수 없으나 한 번쯤은 '매트릭스' 같은 시스템 밖에서 관조해보거나 그것을 깨뜨리고 나와야 하는 순간이 필요할지도 모른다. 흑백의 가짜 세계 속에서 빨간색 약을 선택하는 것처럼 말이다.

À MARAT

DAVID.

40

어쩌면 그림이 글보다 더 효과적으로 이용될 수 있다

자크 루이 다비드
〈마라의 죽음〉
1793

자코뱅당원이자 공포정치 체계를 완성한 혁명가 장 폴 마라는 피부병을 앓아 식초를 머금은 터번을 쓰고 욕조에서 사무를 보곤 했다. 지롱드당의 지지자이자 급격한 혁명을 반대하는 여인 샤를로트 코르데는 장 폴 마라의 죽음만이 수많은 프랑스인의 생명을 살린다고 믿고 암살을 결행하게 된다. 그녀는 거짓으로 시위에 가담한 지롱드당원의 이름을 대고는 장 폴 마라가 그들을 단두대에서 처형하겠다고 하자마자 품속에 감춰온 식칼로 갈비뼈 사이를 찔러 즉사시켰다. 그림 왼쪽 아래에 피 묻은 범죄의 증거가 서늘하게 떨어져 있다.

자코뱅당은 장 폴 마라의 죽음을 혁명의 선전 도구로 사용하기 위해 그의 친구인 화가 자크 루이 다비드에게 그림으로 그려달라고 요구했다. 화가는 펜을 쥐고 있는 혁명가의 팔을 떨어뜨리며 마치 십자가에서 내려지는 예수 그리스도처럼 묘사했다. 또한 샤를로트 코르데가 쓴 편지는 '나는 당신의 부탁을 얻을 권리를 누릴 만큼 충분히 비참합니다'라고 되어 있지만 '부탁' 대신 '자비'라는 글자로 바꿔 장 폴 마라의 왼손 엄지손가락 아래에 놓음으로써 그가 자비심을 갖춘 혁명가로 포장했다. 마찬가지로 원래 그 자리에 없던 혁명공채와 이 공채를 조국을 수호하다가 죽은 병사의 유족에게 전해달라는 편지를 탁자 위에 그려놓기까지 했다. 그 나무 탁자에는 '마라에게', '다비드', 또 작고 흐릿하게 '혁명력 2년'이라고만 새겨넣어 역설적으로 더 강렬해 보인다.

열정적인 자코뱅당원이나 혁명에 찬성하는 이들이 이 그림을 본다면 피가 끓었을 것이다. 자비롭고 애국심을 갖춘 우리의 친구 장 폴 마라가 흉악하고 간사한 여인의 칼날에 목숨을 잃었으니 말이다. 화가는 약간 더 과장하고 포장해 시각적으로 감상자들을 격동시킨다. 어쩌면 그림이 글보다 더 효과적으로 정치에 이용될 수 있다.

41

사람들은 진실이 아닌
확신에 대한 환상을 원한다

엘리자베타 시라니
〈베아트리체 첸치의 초상〉
1662

귀도 레니의 '베아트리체 첸치의 초상'을 제자인 엘리자베타 시라니가 모사했는데 원작보다 눈빛이 더 아련해서 종종 이 그림을 귀도 레니의 작품으로 알고 있는 이들도 많다. 어쨌든 베아트리체 첸치는 비극의 여주인공으로 유명한데 자신의 아버지에게 겁탈당한 후 다른 가족의 힘을 빌려 아버지를 살해하고는 그 죄로 인해 참수형에 처해졌기 때문이다. 귀도 레니는 그 현장에서 베아트리체 첸치가 처형당하기 직전 고개를 돌리는 모습을 포착해 그림을 그렸다고 하는데 진위는 알 수 없는 노릇이다.

'스탕달 신드롬'이란 용어가 있다. 뛰어난 미술 작품 등을 접했을 때 정신적, 육체적으로 이상 반응이 일어나는 것을 뜻한다. 프랑스 작가 스탕달이 이 그림을 보고 다리가 후들거리는 경험을 했다는 데서 나온 용어라는 이야기가 있지만 사실이 아니다. 그는 이탈리아 피렌체에 있는 산타크로체 교회의 조토 디 본도네가 그린 프레스코화 또는 작가를 알 수 없는 조각품을 보고 이런 현상을 겪었다고 여행기에 썼다. 이후 이탈리아 피렌체의 정신과 의사 그라치엘라 마게리니가 '스탕달 신드롬'이라는 용어를 만들었다. 아마도 스탕달이 베아트리체 첸치의 비극에 대해 쓴 '첸치 일가'로 인해 사실관계가 뒤섞인 것 같다.

그런데 이후의 연구에 의하면 베아트리체 첸치가 아버지에게 겁탈당했다는 것도 사실이 아닐 가능성이 있다고 한다. 귀족인 그녀는 하인과의 관계에서 임신하고는 아버지에게 핍박을 받자 겁탈당했다는 거짓말로 명분을 쌓고 아버지를 해치웠다는 거다. 물론 이 또한 진위를 정확히 알 수는 없다.

어쨌든 이 그림을 보며 사실이나 진실이란 무엇일까에 대해 생각해

보게 된다. 실제로 그림을 그린 화가가 누구인지부터 '스탕달 신드롬'이 덧씌워진 오해와 역사적인 사실관계까지 말이다. 그러고 보니 터번을 쓴 아름다운 베아트리체 첸치가 진실이 어떻든 자신이 믿는 것에 편집적으로 집착하는 이에게 이렇게 말하는 것 같다. '사람들은 진실을 원치 않는다. 확신을 원한다. 아니면 확신에 대한 환상이나.'

42

거장이 소년에게
알려주고 싶었던 교훈

장 레옹 제롬
〈화실에서의 미켈란젤로〉
1849

미켈란젤로 부오나로티가 '다비드'를 조각할 때 피렌체 공화정부의 새로운 수장 피에로 소데리니가 방문해 조각상의 코가 좀 크다고 불평한 유명한 일화가 있다. 작가가 작품에 손대지는 않은 채 일부러 대리석 부스러기를 조금 흩뿌리면서 코를 깎는 시늉을 하자 피에로 소데리니는 그제야 자신의 심미안에 만족하며 돌아갔다.

대부분의 유명한 이야기들처럼 거짓이거나 다소 과장된 일화겠지만 개인적으로 두 가지 교훈을 배울 수 있었다. 먼저 자신의 작품에 대해서 남의 의견에 너무 휘둘리면 안 된다는 거다. 내가 쓴 글을 남에게 보여주는 행위는 구덩이에 들어간 후 죽창을 쥐여 주고는 준비됐으면 찔러라고 하는 것과 비슷한 느낌이 들 때가 있다. 남의 평가에 너무 좌지우지되어 이렇게 고쳤다가 저렇게 지웠다가 하면 내 글이 아닌 게 되어버리더라.

다른 교훈은 전문가에게 맡겨야 할 분야에 대해 비전문가들이 이런저런 간섭을 하면 안 된다는 거다. 특히 정치가들이 진영 논리를 앞세워 낄 데 안 낄 데 다 쑤시고 다니는 것만큼 꼴불견도 없을 것이다. 더구나 전염병이 창궐하는 국가적으로 위중한 상황에서 비전문가인 정치권이 이래라저래라 하는 것은 어떠한 도움도 되지 않는 일이다. 그러한 정치가들을 볼 때 미켈란젤로 부오나로티 앞에서 주름잡는 피에로 소데리니의 자기만족을 떠올릴 수밖에 없지 않겠는가. 그림 속 거장이 소년에게 '벨베데레의 토르소'를 가리키며 그런 교훈들을 알려주고 있는 것 같다.

구스타프 클림트
〈키스〉
1907 – 1908

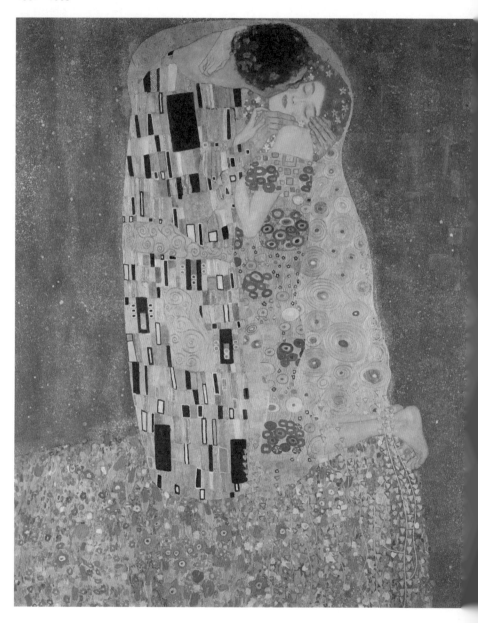

43

키스의 이면과 이분법적 논리

여자는 잠시 후에 있을 뜨거운 입맞춤을 기대한다. 눈을 감고 다소 긴장되었는지 몸은 굳어 있지만 남자의 목을 감싸는 팔과 얼굴의 표정은 그 기대감을 반영한다. 구릿빛 피부의 남자는 여자를 부드럽게 안고 입술을 가까이 대는 중이다. 벼랑 끝처럼 묘사된 꽃밭은 키스의 긴장된 순간을 암시하는 걸까. 남녀의 황금빛 옷의 문양은 프랑스어로 새로운 예술을 뜻하는 아르누보 양식으로 화려하게 꾸며져 있어 황홀한 분위기를 배가시킨다. 보고 있는 나까지도 흥분시키는 구스타프 클림트의 '키스'이다.

그런데 이 그림이 탄생한 배경은 간단하지 않다. 구스타프 클림트는 이 그림을 1900년대 초에 그렸는데 19세기에서 20세기로 넘어가는 세기말적 공포를 담고 있다 한다. 당시에는 '처녀와 흡혈귀의 이분법'이라는 논리가 유행했다. 요약하자면 '순결을 잃는 그 순간에 처녀는 죽는다. 처녀는 죽어서 새로운 여자로 태어난다. 그 여자는 본능을 그대로 드러내는 흡혈귀다'라는 논지로 여자의 본질을 처녀와 흡혈귀로 나눠서 생각하는 이분법이다. 그렇다면 이 작품은 흡혈귀로 다시 태어나기 위한 처녀 상실의 순간을 그린 것이 된다. 이제 그림을 자세히 보면 구도 자체가 남자의 성기 형태라는 것을 눈치챌 수 있다. 보고 있는 나까지도 두렵게 하는 구스타프 클림트의 '키스'이다.

요즘 남녀 간의 혐오와 배척이 도를 넘은 수준이다. 세기말적 공포로 인해 자신과 다른 성별을, 혹은 자신보다 약한 성별을 공격하던 시대와 무엇이 달라졌단 말인가. 어쩌면 서로 등진 남녀 간의 성별 다툼을 멀찌감치서 바라보며 웃음 짓는 존재가 있는 것은 아닐까. 입술이 없으면 이가 시리다는 순망치한은 입맞춤과 남녀 관계 모두에게 적용되는 사자성어이다.

44

사회적 무책임과
허무를 생각하며

테오도르 제리코
〈메두사호의 뗏목〉
1819

1816년 프랑스에서 아프리카로 향하던 군용선 메두사호의 선장은 능력이 아니라 귀족이라는 자신의 출신성분을 이용하고 인맥을 동원해 그 직위를 얻은 자였다. 항로에 대한 지식이 없던 그는 결국 배를 난파시켰고 선장과 장교들은 안전한 구호선에 옮겨탔지만 평민 병사 150여 명은 메두사호의 목재를 부숴 뗏목을 만들어 키도 노도 없이 13일간 표류해야만 했다. 물만 조금 있었기 때문에 사람들은 대거 죽었다. 병자는 바다에 버려졌고 살아있는 자들은 죽지 않기 위해 죽은 이를 뜯어먹었다. 그림은 한 선박에 의해 뗏목이 발견되는 순간을 묘사하고 있다. 발견 당시 겨우 15명이 생존해 있었는데 그나마 5명은 이내 죽었다. 1817년 생존자 가운데 2명이 '메두사호의 난파'라는 책을 출간해 무책임한 선장과 장교들을 고발했고 프랑스는 경악했다.

1819년 테오도르 제리코는 '메두사호의 뗏목'이라는 대작을 살롱전에 전시했는데 그림은 책보다 훨씬 더 사람들을 놀라게 했고 그들의 양심을 일깨웠다. 언론의 사회 고발적 역할과 비리에 대한 비판 행위를 그림이 해낸 것이다.

이 그림을 본 이들은 어쩔 수 없이 세월호 참사를 다시 한번 생각할 것이다. 지도층의 안일한 대처와 사회 시스템의 미비로 막을 수 있는 것을 못 막고 매번 같은 재해나 사고를 당하게 되니 말이다. 그림에 나타난 죽음, 고통, 허무, 절망 등이 일반 서민의 그것과 무엇이 다르단 말인가. 뗏목의 왼쪽 아래에서 죽은 이가 떠내려가지 않도록 손으로 막고 있는 이의 슬픈 눈빛이 잊히지 않는다.

45

그림 속 아들의 귀환을 생각하며

먼저 저를 어떻게 소개할까 잠시 고민했는데 역시 이 자리에서 가장 시의적절하고 타당한 형용은 공무원의 아들이라는 거였습니다. 공무원의 아들로 태어난다는 것은 제 인생에도 큰 영향을 주었습니다. 학창 시절 매번 적어내던 인적 사항의 아버지 직업란에 한 점 부끄러움 없이 공무원이란 세 글자를 써낼 수 있었고, 박봉이었으나 매달 꼬박꼬박 나오는 누런 월급봉투는 저와 제 여동생을 먹이고 입혀 주었습니다. 하여 이렇게 쏜살같이 시간이 흘러 아버지의 퇴임을 맞으니 개인적으로도 여러 감정이 스쳐 지나갑니다.

아버지는 분명히 이렇게 말씀하실 겁니다. 장관이나 검찰총장의 퇴임식도 아니고 대학교수나 석학의 은퇴식도 아닌데 쑥스럽게 이 난리들이냐고 말이죠. 그러나 저는 그렇게 생각하지 않습니다. 해결하기 어려운 끝없는 민원과 거절할 수 없는 청탁과 조직사회에서 필연적으로 따라오는 인간관계의 스트레스와 번번이 미끄러지는 승진과 사직서를 던지려 했던 수많은 순간과 그리고 술과 담배와 당뇨와 고혈압과 점점 쪼그라드는 어깨와 가늘어지는 머리카락과 못난 아들이 새기는 얼굴의 주름까지, 이 모든 것을 40년이 넘는 시간 동안 참고 견디어 이렇게 영광된 퇴임을 맞

렘브란트 반 레인
〈돌아온 탕자〉
1669

은 것입니다. 그런데도 어떻게 공무원의 아들로서 이런 아버지의 퇴임을, 앞서 언급한 거창한 사람들의 그것들보다 가치가 못하고 덜 아름답다고 여기겠습니까?

서양 속담에 '아무리 위인이라도 자신의 하녀에게까지 위인은 아니다'라는 말이 있습니다. 그것은 밖에선 존경받는 사람이라도 집 안에서까지 그걸 유지하긴 어렵다는 뜻이겠지요. 그러나 제가 아버지를 존경하는 이유는 언제 어디서나 한결같은 분이라는 점 때문입니다. 그 한결같음이 40년이 넘는 긴 세월 동안 공무원의 길을 걸어가게 하여 이러한 영광과 승리를 거머쥘 수 있게 만든 것이겠지요. 하여 누군가 제게 가장 존경하는 사람을 물었을 때 저는 단순하게 아버지라고 대답했지만 이제부터 같은 질문을 받는다면 공무원으로 정년 퇴임한 아버지라고 대답하겠습니다. 그러니 여기 계신 모든 공무원께서는 제 아버지처럼 참고 견디셔서 영광과 승리를 꼭 이룩하시기를 기원하겠습니다.

끝으로 인생의 한 장을 마무리하고 다음 장으로 넘어가시려는 제 아버지와 부모 등골에 빨대를 꽂아 단물만 빨아먹은 공무원의 아들과는 달리 공무원보다 더 힘든 직업인 공무원의 아내란 자리를 40년 가까이 묵묵히 지켜주신 제 어머니 두 분께 가슴에서 우러나는 박수를 드리며 저의 어쭙잖은 감사 인사를 마치겠습니다.

감사합니다.

46

사진처럼 순간을 포착해서
더 생생한 그림

프란시스코 데 고야
〈1808년 5월 2일〉
1814

마치 신문 기사의 사진 한 장면을 보는 느낌이다. 나폴레옹 보나파르트의 프랑스 군대는 스페인을 무단 점령했고 어린 왕자를 프랑스로 이송하려 했다. 스페인 왕실에 호의적이지 않은 민중이라도 적국의 오만방자한 행위에 분노해서 일어서게 된다. 우리 근현대사에서 일어난 수많은 민중 봉기가 그 엄청난 열망과 함께 우발적인 사건이 촉매가 되기도 한 것처럼 말이다.

화가는 6년이 지난 1814년에 이 그림을 그렸다. 직접 본 사건이 아니라 그날 펼쳐진 스페인 민중의 용감한 행동을 전해 듣고 이를 기념하기 위해 그린 것이다. 그림에서 스페인 군중들은 프랑스 기병대와 근동에서 온 피부색이 다른 친위대를 공격하고 있다. 프란시스코 데 고야는 이름 없는 민중을 그림의 전면에 내세운 최초의 화가라고 할 수 있다. 이 그림은 미학적으로는 초점이 없어 비판을 받기도 하지만 사진처럼 순간을 포착한 화가 덕분에 생생하게 펄떡 뛰는 느낌이 든다.

정규군에 대항하여 소규모로 비규칙적인 기습을 펼치는 게릴라는 1808년 5월 2일에 스페인에서 태어난 단어인지도 모른다. 그 단어는 현대에 이르러서도 베트남을 넘어 이라크와 아프가니스탄 등에서 살아남게 된다. 이제 게릴라는 민족주의와 결합해 독재자를 제거하러 온 해방군이라 해도 국적이 다른 군대에 대해서 증오심을 표출한다. 그리고 그 증오의 소용돌이는 대를 이어 전달된다. 죽고 죽이는 증오의 나선은 언제 끝날 것인가.

47

프랑스 군대의 폭력을 고발하는
'전쟁의 참화'

프란시스코 데 고야
〈1808년 5월 3일〉
1814

문명국 프랑스는 사형수를 동이 트기 직전에 처형했다. 전날 펼쳐진 민중의 반란을 무력으로 잠재운 프랑스 군대는 마드리드 외곽의 프린시페 피오 언덕에서 일렬로 서서 힘없는 민중에게 방아쇠를 당긴다.

앞줄에 있던 사람들은 이미 죽어 널브러져 있다. 프란시스코 데 고야는 피를 그릴 때 붓 대신 손가락으로 눌러서 표현했다고 하는데 아마도 화가는 분노로 인해 손가락을 약간 떨었을 것이다. 일단의 사람들이 처형의 순간을 기다리고 있다. 수도사는 두 손을 모아 기도를 하고 주먹을 쥔 사람이 있는가 하면 두 손으로 얼굴을 가린 사람도 있다. 그리고 흰색 셔츠와 노란색 바지를 입은 남자는 무릎을 꿇고 두 손을 활짝 펼치고 있다. 무릎을 꿇었는데도 다른 이들보다 커다란 그 남자가 만약 일어선다면 거인이 될 것이다. 피부색이 전형적인 스페인 사람이라고 할 수 없는 그의 오른손을 보면 마치 십자가에 매달린 예수 그리스도의 성흔 같은 것이 보인다. 그는 구세주일까. 또한 그림에는 약간 이질적인 인물이 보인다. 맨 왼쪽에 어느 여인이 웅크리고 앉아 아기로 보이는 뭔가를 안고 있다. 두 팔을 벌린 인물이 예수 그리스도라면 그녀는 성모 마리아일 것이다. 과연 이 성스러운 모자는 아무 힘 없는 이들을 죽이는 군대의 폭력까지도 용서할 수 있을까.

나는 무엇보다도 거인의 왼팔 아래에서 관람자인 우리를 보려고 소년이 눈을 치뜨는 게 마음에 걸린다. 그는 우리의 양심에 말을 거는 것 같기도 하다. 우리는 이런 무자비한 폭력을 상대로 무엇을 해야 할까. 어떻게 해야 형장의 이슬로 사라졌을 그 소년에게 당당할 수 있을까.

프란시스코 데 고야는 이러한 프랑스 군대의 폭력을 고발하는 '전쟁

의 참화'라는 연작 판화를 제작했고, '1808년 5월 3일'의 충격적인 장면
과 구도는 에두아르 마네의 '막시밀리안 황제의 처형'과 파블로 피카소의
'한국에서의 학살' 등으로 이어지게 된다. 폭력의 잔인성이 계속 이어지
듯이 말이다.

48

우리에게
던지는 질문

막스 리버만
〈선한 사마리아인〉
1911

강도를 당한 사람이 누워 있다. 눈 주위가 천으로 묶여 있고 정신을 잃은 듯 팔을 축 늘여놓아 심각한 부상처럼 보인다. 잔인한 강도는 옷가지까지 모두 가져간 것 같다. 아무것도 모르는 말 한 마리가 풀을 뜯고 있는 모습이 을씨년스럽고 곧게 뻗은 나무들은 왠지 더 삭막해 보인다. 다행히 부부로 보이는 두 사람이 곤궁에 빠진 이를 돕기 위해 나섰다. 착한 사마리아인이다.

잘 아는 것처럼 누가복음에 등장하는 착한 사마리아인 이야기는 위험에 처한 이웃과 주변 사람, 더 나아가 일면식도 없는 모르는 이를 구하라는 도덕적인 의무를 강조한다. 막스 리버만은 1910년에 심각한 수술을 받고 도와주는 이가 아무도 없는 상황에 대한 개인적인 어려움을 겪은 후 1911년에 이 그림을 완성했다. 그리고 보니 그림 속 강도를 당한 사람은 수술을 받은 화가 자신처럼 보이기도 한다. 그렇다면 그를 도와주는 남자는 의사이고 여자는 간호사일까.

그림 오른쪽에 멀리서 작게 표현된 사람은 개를 산책시키며 다른 사람의 곤경을 그저 스쳐 지나간다. 대부분이 그렇지 않을까. 그 사람은 어쩌면 죽어가는 타인보다 자신의 개가 더 소중할지도 모른다. 화가는 그림의 구도를 묘하게 잡은 듯하다. 전경에는 착한 사마리아인을 그리고, 중경에는 아무것도 모르는 말을 표현하며, 후경에는 타인의 고통에 아랑곳하지 않고 스쳐 지나가는 이를 등장시킨다. 그러면서 곧게 서서 모든 걸 지켜보고 있던 나무로 상징되는 우리에게 질문하는 것 같다. 위험에 처한 이를 구하겠느냐고 말이다.

49

자신이 누리는 행복을
들여다 보세요

자크 루이 다비드
〈조제프 바라의 죽음〉
1794

철학자 윌리엄 제임스의 '도덕적 철학자와 도덕적 삶'에서 영향을 받은 어슐러 K. 르 귄의 단편소설 '오멜라스를 떠나는 사람들'에는 오멜라스라는 이상향이 나온다. 그곳에 사는 사람들은 모두 행복하다. 단 한 명을 제외하고 말이다.

굳게 잠긴 지하실에 소년인지 소녀인지 구별되지 않는 어린아이 한 명이 갇혀 있는데 어둠 속에서 옥수수 가루와 기름 반 그릇으로 하루하루를 연명할 뿐이다. 아무것도 입고 있지 않고 자신의 배설물 위에 앉아 몸은 곪은 상처로 가득하다. 그 아이는 살려달라는 비명과 절규를 내지르다가 지금은 신음만 간신히 뱉어내고 있을 따름이다. 오멜라스의 모든 이들이 행복한 대신 아이 한 명은 영원히 고통을 받아야 한다고 계약했기 때문이다. 오멜라스에 사는 모든 이들은 그 사실을 알고 있고 몇몇은 그 아이를 보러 오기도 한다. 그러나 그 아이를 구해 따뜻한 옷을 입히고 음식을 먹인다면 그들이 누리는 행복은 끝나게 된다. 사람들은 점점 그 아이의 고통을 잊게 되고 그 아이가 너무도 오랫동안 고통 속에서 살았기 때문에 고통에 무뎌졌을 거라며 자기 스스로를 합리화시킨다. 그렇지만 그 아이를 직접 보고는 눈물과 분노로 오멜라스를 떠나는 사람들이 있다. 그들은 자신이 누리는 행복이 얼마나 추잡한지를 알고는 무작정 오멜라스를 떠난다.

방탄소년단의 '봄날'이란 곡의 뮤직비디오는 '오멜라스를 떠나는 사람들'에게서 영감을 받았다. 그들이 조금만 기다리면 데리러 간다고 노래한 대상은 감옥 같은 어두운 지하실에서 고통받는 아이가 아닐까. 그렇다. 한 아이를 희생양 삼아 모든 이들이 행복하다면 과연 그 행복이 가치가 있겠는가. 눈물과 분노로 무작정 오멜라스를 떠날 게 아니라 고통받는 아이를 구해 오멜라스의 모든 이들이 행복하리라는 계약을 끊어내고자 하는 결단과 용기가 필요하다. 그렇지 않고서는 자크 루이 다비드의 그림처럼 행복이나 이상향 또한 영원히 미완성으로 남아 있을 것이다. 표도르 도스토옙스키가 그랬던가. '어디에선가 다른 피조물이 고통을 받고 있다면 내가 어떻게 행복할 수 있는가?'

50

어느 집이든 그림 같은
상황이 있었을 것이다

장 밥티스트 그뢰즈
〈아버지의 저주〉
1777

이 그림의 제목은 '배은망덕한 아들'로도 불린다. 집안의 장남은 가족을 떠나 군대에 자원하려고 한다. 그런 아들을 두고 아버지는 저주의 말을 내뱉는다. 아마도 전쟁터에서 죽어버리라는 악담이지 않겠는가. 장남은 왼손 주먹을 꽉 쥐고 아버지에게 분노를 표하고 있다. 어머니와 누이들은 그런 두 사람을 말리기 위해 필사적이다. 집안을 풍비박산시키고 떠나려는 큰형을 막으려는 막내의 두 팔이 어린아이답지 않게 강렬하다. 오른쪽 문 앞에서 장남을 기다리는 군인은 이 상황을 흥미롭게 지켜보고 있다. 격렬한 다툼으로 인해 넘어진 의자들과 어수선한 가재도구들이 18세기 프랑스 가정의 실내 묘사를 사실적으로 만든다.

그런데 나는 약간 뒤에서 이 상황을 그저 지켜보는 듯한 차남의 눈빛이 가장 인상적이다. 그는 이제부터 이 집안의 장남 역할을 떠맡아야 하는가 싶어 자신에게 닥쳐올 미래에 대해 그려보고 있는 것 같기도 하다. 그는 형을 원망하고 있을까. 그러지 않으면 언젠가 자신도 이런 식으로 가족을 떠나게 되리라고 예감하고 있을까. 어쨌든 그는 운명의 부름과 모험에 대한 목마름으로 집을 떠난 형의 역할을 대신해야 할 것이다.

장 밥티스트 그뢰즈는 모범적인 행동과 도덕적인 품행을 표현하기 위해 영웅들을 묘사하지 않는다. 화가는 당시의 초라한 가족을 통해 교훈을 주고자 한다. 역사화가 아니라 가족사를 다룬 이러한 장르화가 평범한 사람들인 우리에게 더 큰 울림을 주는지도 모르겠다. 어느 집이든 그림 같은 상황이 한 번쯤은 있었을 것 같기 때문이다. 18세기든 현재든 프랑스든 여기든 언제 어디서나 말이다.

51

소풍 바구니 속에는
슬픈 현실이 없기를

존 조지 브라운
〈소풍 바구니〉
1873

김원의 희곡 '봄날에 가다'를 읽으면서 오랜만에 서럽게 울었다. 백혈병에 걸린 딸 유리가 치료받으면서 고통스러워했을 때 그만 아프고 하늘나라로 갔으면 하고 생각한 적이 있다고 남편이 아내에게 밝힐 때부터 내 눈은 붉어지기 시작하더니 봄날에 떠난 소풍이 하늘나라로 가는 소풍임을 알게 된 결말에 이르러서는 굵은 눈물을 떨어뜨리고 말았다.

슬픔 뒤에는 분노가 따라왔다. 이 가족이 당해야만 하는 현실에 대해 서늘한 분노를 느꼈다. 이런 게 문학의 힘이란 것일까. 장 폴 사르트르는 굶주린 아이들 앞에서 내 '구토'는 한 조각의 빵의 무게도 나가지 못한다며 개탄했지만 장 리카르두는 '문학이라는 이름의 문제'라는 글에서 문학은 배고픈 아이에게 빵을 주는 것이 아니라 우리가 사는 세상에 배고픈 아이가 있다는 사실을 추문으로 만드는 것이라고 반박했다. 세상 어딘가에 문학이 존재하지 않는다면 한 어린아이의 죽음이 도살장에서의 어떤 동물의 죽음보다 더 중요할 이유가 없을 것이라면서 말이다.

나는 희곡을 읽으며 일부러 에드바르트 뭉크의 '병든 아이'가 아니라 존 조지 브라운의 '소풍 바구니'를 떠올리려고 애썼다. 그림 속 소녀는 아마도 부모를 바라보면서 빨리 케이크를 먹자며 보채는 중일 것이다. 저 소풍 바구니 속에는 죽음의 약이 없기를, 그리고 소녀와 부모가 행복하게 다시 집으로 돌아가기를 조용히 기원해본다. 유리도 엄마, 아빠랑 함께 고통이나 가난이 없는 하늘나라에서 꼭 건강하고 행복했으면 싶다.

52

나는 그런 용기를
낼 수 있을까?

미켈란젤로 부오나로티
〈성 베드로의 십자가형〉
1546 – 1550

자신의 이름처럼 순교 후에 교회의 반석이 된 성 베드로는 예수 그리스도와 마찬가지로 십자가형을 선고받게 되자 존경하는 스승과 같은 모습으로 십자가형을 받을 수는 없다며 사형집행인에게 자신을 거꾸로 매달아달라고 했다. 그의 거룩한 죽음을 기념해 거꾸로 세워진 십자가의 형태를 베드로 십자가라고 한다. 그림은 십자가가 거꾸로 박히기 직전의 장면을 역동적으로 담고 있는데 사형집행인과 병사와 군중과 함께 오른쪽 아래에 성경 속 인물인 니고데모로 화한 화가의 자화상도 그려져 있다. 그런데 그림 속에서 당시의 속옷인 로인클로스만 입은 성 베드로는 하늘을 우러르며 신과 스승을 향하는 게 아니라 관람자인 우리를 바라보고 있다. 마치 그냥 보고만 있을 거냐며 질책하는 것 같다.

　　그 때문일까. 나는 불경스럽게도 성인의 순교를 묘사한 그림을 보며 독재자와 그의 정부의 죽음을 떠올린다. 이탈리아의 독재자 베니토 무솔리니와 그의 정부 클라라 페타치는 성난 민중에게 잔인하게 처형당한 후 밀라노의 로레토 광장에 거꾸로 매달렸다. 거꾸로 매달린 클라라 페타치의 치마는 뒤집혔고 군중들은 그녀의 속옷을 보며 더욱 흥분했다. 그때 한 사람이 손가락질을 받아가며 사다리를 타고 올라가서 치마를 올려주고 자신의 허리띠로 묶어서 뒤집히지 않도록 해줬다. 눈이 뒤집힌 군중들 사이에서 그러한 행동을 한다는 것은 큰 용기가 필요한 것이리라.

　　이러한 용감한 행위를 읽으면서 스스로 작은 다짐을 했다. 커다란 무언가를 해내는 사람이 아니라 아무리 독재자의 정부라도 인간의 품위를 지켜주기 위해 최소한 치마를 바로잡아주는 이가 되자고 말이다. 그리고 그 작은 용기를 내기 위해서 허리띠로 상징되는 마음의 준비를 항상 다잡자고 다짐했다. 용기를 내고 싶어도 정작 허리띠가 없으면 난감할 것

이기 때문이다. 하여 나는 꽉 조이는 바지를 입어도 꼭 허리띠를 착용한
다. 언젠가 쓸 일이 있을 것이기에.

53

미국 사회에 깊게 내재해 있는 인종 간의 편견

목 위가 보이지 않는 네 명의 남자는 마치 춤이라도 추고 있는 것 같다. 노먼 록웰은 의도적으로 흑인 소녀를 화면에 온전하게 담아내는 구도를 만들기 위해 남자들의 목 위를 잘라버렸다. 소녀의 이름은 루비 브리지스인데 1960년에 윌리엄 프란츠 초등학교에 처음 등교하는 길이다. 그 학교는 백인 아이들만 다니는 곳이었기 때문에 흑인 소녀의 등굣길은 위협과 증오의 눈초리로 가득할 것이다. 하여 네 명의 보안관이 루비 브리지스를 호위하고 있다. 벽에는 백인 우월주의 비밀결사체의 이름과 검둥이라는 모욕적인 단어가 적혀 있고 누군가 던진 토마토는 핏자국 같은 효과를 자아낸다. 소녀는 무사히 등교할 수 있을까.

결과부터 말하면 루비 브리지스 부모의 용감한 결단과 바바라 헨리 담임선생님의 따뜻한 지도로 소녀는 무사히 학업을 마치게 된다. 흑인 여성 로자 파크스가 버스에서 자리를 양보하지 않은 것처럼 루비 브리지스의 등교도 인종 갈등을 허무는 위대한 한 걸음이자 흑인과 백인을 평등하게 잇는 보석 다리가 된 것이다.

　그러나 루비 브리지스의 등교 이후 60년이 지나도 미국 사회에 깊게 내재해 있는 인종 간의 편견과 벽은 허물어지지 않고 있다. 그림의 제목처럼 '우리 모두 함께 안고 살아가는 문제'는 아직도 풀리지 않은 현재진행형이란 말이다. 비단 미국 사회만의 문제일까. 그리고 인종 갈등만이 사회악일까. 어쨌든 이렇게 풀기 어려운 문제를 받아들면 그냥 춤이라도 춰야지 별수가 없는 것 같다는 소극적인 자세가 부지불식간에 튀어나온다. 하여 그림을 보며 다시 나를 다그친다.

〈우리 모두 함께 안고 살아가는 문제〉
1963 - 1964
wikiart

노먼 록웰
1894 - 1978

54

가족의 슬픔을
알아채지 못하는 이들에게

블라디미르 마코프스키
〈못 들어가요〉
1892

건배사를 제의받을 때 나는 어디서 주워들은 말을 외치곤 한다. '냉주상위冷酒傷胃, 독주상간毒酒傷肝, 무주상심無酒傷心.' 차가운 술은 위를 상하게 하고, 독한 술은 간을 상하게 하지만, 술이 없으면 마음이 상한다는 뜻이다. 이렇게 술은 사람의 마음과 마음을 이어주는 좋은 점이 있기는 하다.

그런데 술이 지나쳐 알코올 중독의 단계에 이르면 건강은 물론 마음조차 상하게 만든다. 특히 이 그림처럼 가족의 마음을 아프게 하는 것이야말로 음주의 가장 큰 폐해일 것이다. 추레한 술주정뱅이는 술값으로 모두 탕진했는지 집에 있는 누군가의 옷을 가지고 술집으로 들어가려고 한다. 남편의 건강 때문인지 손에 들고 있는 옷가지가 죽은 아들의 것이기 때문인지 모르겠지만 아내는 필사적으로 그를 막아서며 그림의 제목을 외치고 있을 것이다. 딸은 술 취한 아빠가 무섭지만 엄마를 보호하려는 듯 힘없이 엄마의 허리를 안고 있다. 슬픈 눈으로 아빠를 올려다보는 모습이 나를 더욱 슬프게 한다. 물론 술주정뱅이는 완력으로 모녀를 밀쳐내고 술집 안에 들어갈 것이다. 술이 무슨 죄가 있겠나. 자신의 쾌락을 위해 가족의 슬픔을 보지 못하는 이가 잘못이지 않겠는가.

언제부턴가 담뱃갑에는 흡연으로 건강을 해친 섬뜩한 사진이 붙어 있다. 술병에도 이 그림과 함께 경고 문구를 써놓아야 하지 않을까. 지나친 음주는 건강과 함께 가족의 마음을 상하게 한다고.

PART 3

:
잃어버린 꿈과 희망이
그리운 순간에

55

이상과 현실
무엇을 좇아야 할까?

폴 고갱
〈우리는 어디서 왔는가, 우리는 무엇인가, 우리는 어디로 가는가〉
1897 - 1898

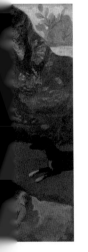

어떤 화가는 작품보다 그의 생애가 더 인상적이기도 하다. 나에게는 폴 고갱이 그러하다. 그것은 윌리엄 서머싯 몸이 쓴 소설 '달과 6펜스' 때문인데 개인적으로 정말 감명 깊게 읽었다.

주인공 찰스 스트릭랜드는 가족과 안정된 직장을 버리고 자신이 꿈꿨던 화가의 길로 들어서는데 그 모델이 폴 고갱이다. 물론 폴 고갱의 아내 스스로가 아이들을 데리고 자신의 나라 덴마크로 떠나버린 거라 사실과 일치하는 게 아니라 모티프만 따온 것이지만 말이다. 어쨌든 소설 속 찰스 스트릭랜드는 주변과 다른 사람의 시선을 신경 쓰지 않은 채 자신만의 그림을 그려나간다. 폴 고갱처럼 타히티에 정착한 찰스 스트릭랜드는 관람자의 평가와 상관없는 무시무시한 대작을 그리고는 스스로 태워버린다. 아마 '우리는 어디서 왔는가, 우리는 무엇인가, 우리는 어디로 가는가' 같은 그림이 아니었을까. 소설의 마지막이 특히 인상적이었는데 화자가 종교인으로 잘 자란 찰스 스트릭랜드의 아들과 만나면서 선원이 되어 자유롭게 사는 그의 다른 아들을 떠올리며 끝을 맺는다. 세속의 6펜스라는 집착을 끊지 못하는 인생과 달이라는 이상을 좇는 삶을 비교하는 것이 아니겠는가.

'우리는 어디서 왔는가, 우리는 무엇인가, 우리는 어디로 가는가'는 도상학적으로 많은 상징을 내포하고 있다. 어디서 베껴다가 어쭙잖은 설명을 옮겨놓기보다 폴 고갱과 찰스 스트릭랜드의 삶을 그저 곰곰이 생각해본다. 그리고 단돈 6펜스를 버리지 못하는 나의 인생까지도 함께 떠올린다. 선원처럼 자유롭게 달을 좇는 삶을 살아야 할 텐데 말이다. 그림 속 열매를 따는 타히티인이 마치 나에게 달을 보라고 종용하는 것처럼 느껴진다.

56

때때로 행복한 순간에
차오르는 불안한 생각

장 밥티스트 카미유 코로
〈지하 세계의 오르페우스와 에우리디케〉
1861

때때로 행복은 절정에 있을 때 파국을 맞는다. 그리스 신화에서 음악적 재능으로 유명한 오르페우스도 그런 경우인데 결혼 후 얼마 지나지 않아 아내 에우리디케가 독사에 물려 죽는 변고가 생겼다. 슬픔에 겨워하던 그는 위험을 무릅쓰고 에우리디케를 되살리려 지하 세계로 내려갔다. 오르페우스는 노래와 연주로 지옥의 강 스틱스를 지키는 사공 카론과 개 케르베로스를 매혹해 무사히 명계의 왕 하데스 앞에 섰다. 그는 아버지인 아폴론에게 받은 리라로 자신의 슬픔을 담은 연주를 했고 감동한 하데스는 에우리디케를 데리고 생명과 빛의 세상으로 다시 돌아가도록 허락했다. 그러나 하데스는 둘 중 누구도 지상에 도착할 때까지 뒤를 돌아보아서는 안 된다는 조건을 제시했다.

장 밥티스트 카미유 코로의 그림은 이제 막 에우리디케를 되살린 오르페우스가 아내의 손을 잡고 힘차게 걸어가고 있는 모습을 표현했다. 오르페우스의 경쾌한 발걸음과는 대조적으로 배경의 사람들은 불안한 시선을 흘린다. 짐작했겠지만 불길한 징조는 현실이 됐다. 지상에 거의 다다랐을 때 오르페우스는 에우리디케를 돌아보는 실수를 범했고 아직 지하 세계를 벗어나지 못한 아내는 다시 명계로 사라져버렸다. 자신의 실수로 아내를 영영 잃어버린 오르페우스는 비통함을 안고 방황하다가 비참한 최후를 맞고 만다. 버지니아 울프는 '풍경화를 보면 먼 미래에 인간이 모두 사라져도 그 풍경은 그대로이겠지라며 두려움과 슬픔을 느낀다'라고 썼다. 이 그림을 풍경화라고 할 수는 없겠지만 조만간 사라져버릴 오르페우스와 에우리디케를 생각하면 그림 속 배경의 사람들처럼 두려움과 슬픔을 느끼게 된다.

베이시스의 '8월'이란 곡을 듣는다. 2분도 안 되는 플루트 연주곡인데 듣고 있으면 숲길을 걷는 소녀의 이미지가 떠오른다. 그 숲길의 끝에는 기다리는 사람이 서 있지만 소녀는 이미 알고 있는 게 아닐까. 그 사람과는 비극적으로 끝나게 될 것을 말이다.

57

어떤 편지는
휴식과도 같음을 믿는다

MBC에서 방영한 '미망'이란 드라마가 있었다. 박완서의 동명 소설이 원작인데 여주인공 채시라를 사랑한 전광렬이 친구 김상중에게 연애편지 대필을 부탁하는 장면이 아직도 기억난다. 미천한 집안의 김상중 또한 채시라를 짝사랑하고 있었는데 그걸 모르는 전광렬이 잔인한 부탁을 한 것이다. 친구의 부탁을 거절할 수 없었던 김상중은 힘들어하는 채시라에게 위로가 되는 편지를 전광렬의 이름으로 꾸준히 보냈고 채시라는 전광렬에게 마음을 열게 된다.

언젠가 라디오에서 들었다. 김광진의 '편지'라는 곡을 듣던 감수성 풍부한 어느 여자가 갑자기 울음을 터트렸다고. 그 곡은 어느 남자가 김광진의 아내가 될 여자에게 부치는 편지를 토대로 만들어졌다 한다. '여기까지가 끝인가 보오, 이제 나는 돌아서겠소.' 나는 생각했다. 이렇게 자신의 절절한 심경을 드러낼 수 있는 편지가 자신의 존재조차 밝힐 수 없는 대필보다 얼마나 행복한 일이겠냐고. 슈테판 츠바이크의 소설 '낯선

빌헬름 하메르스회
〈휴식〉
1905

여인의 편지'를 읽으면 유명 소설가 R에게 편지가 한 통 도착하는데 열세 살 때부터 평생 R만을 사랑해왔다는 한 여인의 일생이 담겨 있다. 그 낯선 여인은 그래도 편지를 쓸 수 있으니 행복하지 않았을까.

'시라노: 연애조작단'이란 영화를 봤다. 개봉 전부터 나는 그 제목에 관심이 갔다. 시라노 드 베르주라크라니. 에드몽 로스탕의 희곡에 등장하는 시라노는 록산느를 짝사랑했으나 자신의 비정상적으로 큰 코에 콤플렉스를 갖고 역시 록산느를 사랑하는 잘생긴 크리스티앙의 이름으로 대필 연애편지를 쓴다. 그 대필한 연애편지로 인해 크리스티앙과 록산느는 결혼하지만 시라노는 그래도 록산느를 잊지 못한다. 훗날 크리스티앙이 전사하고 수녀원에 들어간 록산느는 눈을 다쳐 아무것도 보이지 않는 시라노가 자신이 받은 편지를 보지도 않고 읽어주는 걸 들으면서 자신에게 편지를 쓴 이가 시라노인 것을 알게 된다. 그리고 시라노는 그렇게도 원했던 록산느의 품에서 죽음을 맞는다.

아다치 미츠루의 만화 '크로스 게임'에서 어린 와카바가 죽자 그녀의 단짝 코우는 어떻게 해야 할지 모르고 정처 없이 떠돌다 와카바의 집 앞에서 역시 그녀를 짝사랑했던 아카이시가 울고 있는 걸 발견한다. 세월이 흘러 고등학생이 되었을 때 와카바를 빼닮은 아카네가 등장하고 포수 아카이시는 투수 코우에게 대필한 연애편지와 같은 가부키 입문서를 건네며 아카네와 잘 되게 연결해주고자 한다. 자신은 그저 와카바의 웃는 얼굴을 보고 싶다고 말하면서 말이다.

연애편지를 대필해준 사람은 촉매와 같아야 한다. 아니, 존재의 흔적조차 없는 촉매여야 한다. 그것이 얼마나 쓸쓸한 일인지는 그 당사자만이 알 것이다. 아니, 어쩌면 혀로 입천장을 긁으면서 웃음을 참는 이민정을 보고 싶어 하는 엄태웅이나 와카바의 웃는 얼굴을 보고 싶어 하는 아카이시처럼 쓸쓸함만으로는 설명할 수 없는 뭔가가 있을 것이다. 한 남자와 한 여자의 연애란 두 소행성이 부딪히는 것이라 할 때 연애편지를 대필한다는 것은 그 두 소행성의 궤도를 살짝 바꿔서 충돌을 일으키게 하는 것인지도 모른다. 쓸쓸함과 그것을 초월하는 감정을 가지는, 궤도를 살짝 바꿔주는 촉매를 늦은 밤에 계속 생각해보게 된다.

'미망'에서 전광렬은 채시라에게 편지는 김상중이 대필한 것임을 밝힌다. 채시라는 조건이 좋은 전광렬을 떠나 절절한 편지를 써준 김상중과 맺어지게 된다. 코우는 아카네에 대한 아카이시의 마음을 알고 자신이 한 발 뒤로 물러선다. 나중에 아카이시는 아카네의 병실에 꽃을 들고 찾아가 아카네의 웃는 얼굴을 직접 보게 된다.

'시라노; 연애조작단'에서 이민정은 빌헬름 하메르스회의 '휴식'을 보기 위해 미술관으로 간다. 나는 그림 속 의자에 앉아 있는 여자의 보이지 않는 앞모습이 내내 궁금했었는데 아마도 편지를 읽고 있는 게 아니었을까. 어떤 편지는 휴식과도 같음을 나는 믿는다.

58

움켜쥔 사랑과 행복을
놓지 말기를

마르크 샤갈
〈한밤중〉
1943

오줌이 마려워 잠자리에서 일어났을 때 나는 깜짝 놀랐다. 내가 열세 살로 돌아간 것이다. 어려진 몸을 어루만지며 주변을 둘러보니 훨씬 젊은 아버지와 어머니가 옆에 누워계신다. 그래, 어렸을 때는 집이 좁아 한 가족이 같은 방에서 다 잤구나 하며 새삼스러운 감회를 느끼게 된다. 그리고 내 옆에서 여동생이 새근새근 숨을 쉬며 잠을 자고 있다.

나보다 두 살 어린 여동생과는 어릴 때부터 절친하게 지냈다. 어른들이 늘 말씀하시는 게 여동생이 태어났을 때 뭣도 모르는 나는 온 집안을 팔짝팔짝 뛰어다녔다고 한다. 커가면서 동기라곤 단 둘뿐이었기에 더욱 애틋해진다는 걸 그 어렸던 나는 본능적으로 알았던 것일까.

몇 살 때였는지 기억나진 않는데 밤에 여동생과 함께 걸어 집으로 돌아오는 장면이 불현듯 떠오른다. 제법 어두웠고 여동생은 약간 무섭다고 했으며 전날 밤에 읽은 귀신이 나오는 이야기가 자꾸 내 뒤통수를 간질였다. 그때 나는 여동생에게 같이 노래를 부르자고 했다. 무슨 노래를 불렀더라. 전혀 기억나지 않는데 집 앞에 거의 다다랐을 때는 '우리는 남매' 하며 이상한 멜로디를 합창하고 있었다.

내가 고등학교 2학년으로 기억하는데 당시 중학교 3학년이던 여동생의 생일 때 여동생의 학교로 편지와 선물을 소포로 보냈던 것이 기억난다. 여동생은 그걸 아직 간직하고 있을까. 그런 사소한 추억을 기억이나 하고 있을까. 아마 선물은 스마일 마크가 찍힌 조그만 서랍장이었던 것 같고, 편지에는 '동생'이란 제목의 유치한 시도 끼적였던 것 같다. 아마도 여동생은 다 잊었으리라. 어쨌든 열세 살로 돌아간 나로서는 희한하게도 열한 살의 여동생을 물끄러미 바라보며 열여섯 살의 여동생에게 보낸 생일 선물과 편지를 떠올리고 있다.

입대하고 얼마 지나지 않았을 때 여동생에게서 편지를 한 통 받았다. 사회에서는 병역 비리로 시끄러웠던지 오빠가 자랑스럽다고 낯부끄럽게 쓰여 있었다. 나는 뭐라고 답장했더라. 아마 필요한 책을 사서 좀 보내 달라고 했던 것 같다. 어쨌든 여동생은 항상 내가 필요한 것을 적시에 보내주었다. 나는 여동생에게 무엇을 해줬던가. 부끄러움이 이불 속에서 꿈틀거린다.

여명이 밝아오면서 나는 좀 더 감상적으로 변한다. 어린 여동생의 얼굴을 보고 있자니 너무나 평화로운 하품이 새어 나온다. 그러면서 잠들어 있는 여동생에게 조용히 읊조린다. 너는 드디어 행복을 움켜쥐었어. 멀리서 희미하게 얼핏 보이는 커다란 행복이 아니라 이 방 안의 파랑새처럼 작고 아름다우면서도 손에 잡히는 행복을 움켜쥐게 된 거야. '삶에 진정한 의미를 부여하는 색은 사랑'이라는 마르크 샤갈의 말처럼 영원히 그 움켜쥔 사랑과 행복을 놓지 말기를. 드디어 태양이 떠올랐는지 방이 환해졌다.

2013년 5월 19일, 여동생이 결혼한 날에 써보았다.

조지 프레데릭 와츠
〈희망〉
1886

신발이 없는 듯 까만 발바닥을 드러낸 눈이 먼 소녀가 한 줄밖에 남지 않은 자신의 리라를 안고 필사적으로 연주하려 해서 더욱 슬퍼 보이지만 화가는 역설적으로 그림의 제목을 '희망'으로 명명했다. 제목 때문에 한 번 더 돌아보게 되는 그림이다.

널리 알려진 그리스 신화의 이야기로 판도라의 상자라는 게 있다. 제우스가 판도라에게 상자를 선물로 주며 절대 열지 말라고 했으나 호기심을 참을 수 없었던 판도라는 결국 상자를 열었더니 재앙을 불러오는 요소가 가득했고 널리 퍼져 인간세계를 고난으로 덮이게 했다. 그녀는 황급히 상자를 닫았지만 다른 건 다 흩어지고 희망만이 남게 되었다는 내용이다. 사람들은 온갖 고난을 겪어도 희망을 품고 근근이 살아갈 수 있다는 교훈일 것이다.

포르투갈 출신의 노벨문학상 수상 작가 주제 사라마구는 '눈먼 자들의 도시'에서 정체불명의 실명 바이러스에 감염돼 시력을 잃고 격리 수용된 이들의 밑바닥을 묘사한다. 결국 그들을 구원한 것은 연대였다. 서로 뗄 수 없는 한 덩이가 됐음을 깨달았을 때 한 인물이 읊조린다. '우리 내부에는 이름이 없는 뭔가가 있어요. 그 뭔가가 바로 우리예요.'

눈이 먼 소녀의 눈을 뜨게 할 수는 없어도 그녀의 음악을 들으며 언 발을 두 손으로 감싸 안아주는 것, 그러한 연대감이야말로 희망의 다른 이름이지 않을까.

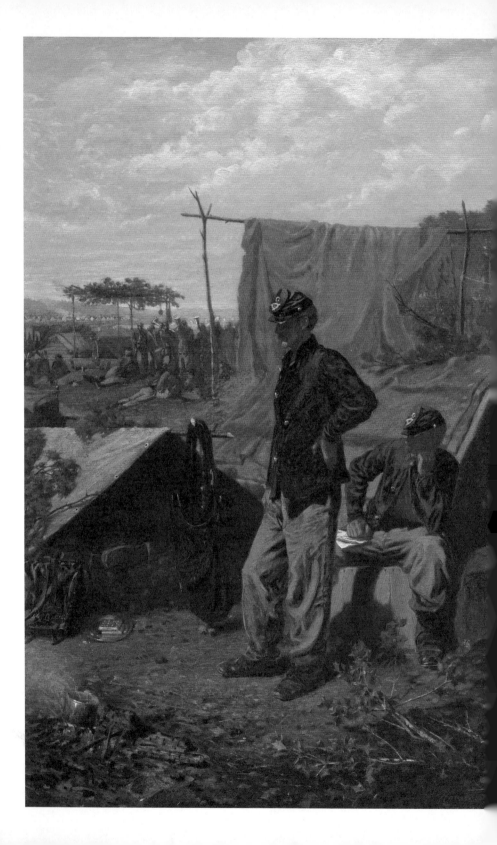

60

같은 날 입대한
친구를 떠올리며

윈슬로 호머
〈홈, 스위트 홈〉
1863

    샘 멘데스 감독은 자신의 할아버지인 알프레드 H. 멘데스의 경험담을 토대로 영화 '1917'을 만들었다. 촬영과 연출에서 획기적인 시도가 돋보이더라. 두 명의 영국 병사는 친형을 포함한 많은 아군을 살리기 위해 적지를 가로질러 명령을 전달하러 떠나는데 관람자조차도 전장의 한가운데에서 함께 달리고 구르는 느낌이 들었다. 개인적으로 영화의 마지막에 주인공이 집으로 꼭 돌아오라는 문구가 적힌 자신의 가족사진을 보는 장면의 여운이 짙었다.

    반면 같은 제1차 세계대전을 배경으로 하는 영화 '맨 오브 마스크'는 피에르 르메트르의 소설 '오르부아르'를 원작으로 했는데 참혹한 전쟁터에서 가까스로 살아남은 두 친구가 고향으로 복귀하지만 자신의 꿈을 무시하는 강압적인 아버지가 있는 집으로 돌아가지는 않는다.

    같은 날 입대해 같은 부대에 배치되어 친구가 된 이가 있다. 처음 자대로 가는 날에 그날 전역하는 사람들을 보고는 그 친구가 정말 부럽다며 2년이라는 시간이 지나가면 어떤 느낌이겠냐고 물었다. 그때 나는 어떤 대답을 했더라. 어쨌든 그 친구는 혹한기 훈련 중 선임과 다툼을 벌여 다른 부대로 떠나게 되었고 종종 편지로만 안부를 전하다가 그마저도 연락이 끊겼다. 그런데 전역하는 날에 고속버스 휴게소에서 영화처럼, 정말 영화처럼 그 친구를 우연히 다시 만났다. 같은 날 입대했으니 전역일도 같은 것이었다. 나는 그 친구에게 물었다. 우리가 처음 자대에 배치된 날에 네가 전역하는 사람들을 부러워하며 집으로 돌아가는 게 어떤 느낌일지 내게 묻던 일을 기억하냐고. 그 친구는 대답 없이 웃기만 하더라. 우리는 연락처를 교환하고 악수와 함께 다소 무미건조하게 헤어졌다.

윈슬로 호머의 그림은 남북전쟁 때의 북군 병사들을 묘사하는데 제목은 영국인 헨리 비숍이 작곡한 국민적인 노래에서 따왔다. 우리나라에선 '즐거운 나의 집'으로 번역된 이 노래는 남북전쟁 사상 가장 치열했던 버지니아 래퍼해녁 전투를 잠시 멈추고 남군과 북군 병사들이 서로 얼싸안게 했다고 전해진다. 그들도 나와 친구처럼 무사히 집으로 돌아갔기를 소망해본다.

61

나의 두 조카를
생각하며

빈센트 반 고흐
〈꽃 피는 아몬드 나무〉
1890

잃어버린 꿈과 희망이 그리운 순간에

스티븐 네이페와 그레고리 화이트 스미스가 함께 쓴 '화가 반 고흐 이전의 판 호흐'를 읽었다. 책은 3부로 이루어져 있는데 1부인 초년 시절을 읽고 너무나 힘들어 독서를 한참 중단했다가 가까스로 2부와 3부를 마저 다 읽었다. 부모와 주변의 기대를 번번이 무너뜨리고 세상으로부터 상처를 받은 빈센트 반 고흐의 젊은 시절이 나와 너무도 흡사했기 때문이다. 그렇기 때문일까. 많은 이들이 좋아하는 빈센트 반 고흐의 그림을 나는 크게 좋아하지 않았다. 그가 그린 그림을 보며 나의 실패감과 외로움을 들킬까 싶어서 말이다.

그런데 이 그림만은 정말 좋아한다. 빈센트 반 고흐는 겨울의 어느 날에 생레미 정신병원에서 동생 테오도르 반 고흐가 아들을 얻었다는 소식을 듣고 '꽃 피는 아몬드 나무'를 그렸다고 한다. 갓 태어난 조카 소식에 너무나 기쁜 나머지 계절을 무시하고 꽃이 활짝 핀 나무를 아름답게 그린 것일 테지. 정신이 온전치도 못한 채로 말이다. 그 마음이 너무나 찡해서, 그리고 나의 두 조카를 떠올리면 이런 그림을 그리고 싶어서 나는 이 그림을 너무나 좋아한다.

62

세상의 모든 아이들이
건강히 자라기를 바라며

조슈아 레이놀즈
〈헤어 도련님〉
1788 – 1789

제목이 없다면 여자아이로 생각했을 것이다. 모델인 존 프랜시스 조지 헤어는 그림이 그려질 당시 두 살이었다. 볼의 홍조와 뽀얀 피부가 사랑스럽고 손가락으로 뭔가를 가리키는 모습이 아이다운 호기심과 탐구심을 표현하고 있다. 곱슬한 긴 머리카락과 드레스 같은 옷 때문에 여자아이로 오해할 수 있는데 당시의 영국 풍습은 남자아이도 일곱 살이 넘어야 머리카락을 자르고 바지를 입혔다고 한다.

일본에서는 어린아이의 나이를 셀 때 하나부터 아홉까지는 모두 끝에 '쓰'가 붙는데 열 살이 되어야 '쓰'가 떨어져 나간다고 분리를 뜻하는 '바나레'와 합쳐 '쓰바나레'라고 한다. 어려서 죽는 경우가 많아 열 살 미만의 아이는 내 아이가 아니라 신의 아이라고 생각하고 혹여 열 살 미만에 죽더라도 그건 신의 뜻이라며 어쩔 수 없다고 자위했다. 마찬가지로 아름다운 외모를 가지고 있는 소년 가니메데스가 독수리로 변한 제우스에게 납치당해 올림포스에서 술을 따르는 시중을 들었다는 그리스 신화의 이야기는 어린 자식을 잃은 부모에게 먼저 간 아들딸이 신들과 함께 지내고 있다는 위로에서 나온 은유일 것이다.

하여 나는 정이 흐르고 자연이 아름다웠던 그 옛날이 좋았다는 이야기를 들을 때마다 콧방귀를 뀐다. 삭막하고 환경이 파괴되었어도 어린아이가 쉽게 죽지 않는 이 시대에서 살겠다며 말이다. 존 프랜시스 조지 헤어 또한 건강히 자라서 머리카락을 자르고 바지도 입었기를 조용히 기원해본다.

63

당신을 설레게 만드는 그녀의 초상

프랑스 작곡가 엑토르 베를리오즈는 영국 출신의 여배우 해리엇 스미드슨에게 한눈에 반해 그녀를 짝사랑했으나 유명 여배우는 신인 작곡가의 구애를 받아주지 않았다. 상심한 엑토르 베를리오즈는 자전적인 이야기를 음악으로 표현했는데 그 유명한 '환상교향곡'이다. 이룰 수 없는 짝사랑을 하는 남자가 스스로 목숨을 끊기 위해 약을 먹지만 죽음에 이르지 못한 채 꿈과 환상을 오간다는 내용이다. 5악장 중 특히 2악장인 '무도회'에서 남자의 꿈속에 우아한 왈츠가 펼쳐지는데 하프의 몽환적인 선율이 두드러진다.

기원전 3000년쯤 전에 이집트에서 처음 만들어진 하프는 철학자 플라톤이 악기의 음색이 지나치게 몽환적이라고 비판할 만큼 특유의 환상적인 선율이 인상적이다. 하여 꿈의 세계를 그리거나 신과 천사 등을 표현할 때 하프가 등장하곤 한다. 47개의 현을 가진 지금의 하프는 일곱 개의 페달이 있는데 한 번 누르면 반음이 내려가고, 한 번 더 누르면 원래대

로 반음이 올라가게 조절된다. 토머스 설리의 그림에도 페달이 표현되어 있다.

그렇다면 엑토르 베를리오즈의 짝사랑은 어떻게 되었을까? 남자의 출세는 최고의 매력인지라 '환상교향곡'의 성공과 사연의 주인공이 자신이란 걸 알게 된 해리엇 스미드슨이 엑토르 베를리오즈의 구애를 몇 년이 지난 후에 마침내 허락했다. 둘은 결혼해 아들까지 낳았지만 급하게 끓어오른 사랑은 급하게 식는 것인지 파경으로 마무리되었다. 그러나 당대의 유명한 음악가 프란츠 리스트는 '환상교향곡'을 칭송하며 엑토르 베를리오즈에게 이렇게 말했다. '그녀는 당신에게 영감을 주었소! 당신은 그녀를 노래했으니 그녀의 과업은 완수된 것이오!'

토머스 설리
〈일라이자 리질리의 초상〉
1818

64

눈물, 어쩌면
약간의 손짓만으로도

외젠 카리에르
〈아픈 아이〉
1885

2011년에 예술의전당 한가람미술관에서 이 그림을 직접 봤는데 다른 작품들은 기억에도 없을 정도로 강렬했다. 아픈 아이는 고열 때문에 옷을 반쯤 벗겨 놓았고 다리에도 생기가 없다. 또한 오른팔은 축 늘어져 있다. 그러나 정작 나를 울린 건 아이의 왼손이다. 자신을 걱정하는 엄마를 위로하는 듯 엄마의 뺨을 어루만지고 있다. 외젠 카리에르의 장남 레옹은 결국 이 작품이 그려진 1885년에 세상을 떠났다.

사실 이 작품의 밑그림을 보면 엄마와 아픈 아이가 단순히 안고 있는 모습이다. 그것도 나름대로 감동적인 장면이지만 화가는 완성본에서 아이의 왼손을 엄마의 뺨에 올려놓아 그림에 감동의 극치를 가한다. 어쩌면 우리가 눈물을 흘리는 데는 아주 약간의 손짓만이 필요한지도 모른다.
세상의 모든 아가들아, 아프지 말아라. 제발 아프지 말아라.

피에르 오귀스트 르누아르

〈르그랑 양의 초상〉

1875

65

이 그림이 더
사랑스러운 이유

피에르 오귀스트 르누아르
〈르그랑 양의 초상〉
1875

1875년에 그려진 아름다운 초상화의 주인공은 여덟 살의 아델핀 르
그랑이다. 두 손을 앞으로 모으고 화가를 약간 비스듬히 보는 시선이 사
랑스럽다. 검은색 원피스와 푸른색 스카프가 소녀와 잘 어울리고 화가에
게 보여주기 위해 급히 꺼낸 듯한 금목걸이는 흐트러져 있어 더 자연스럽
다. 그녀의 아버지는 상점 직원이었고 어머니는 밀짚모자를 만들어 팔았
는데 르그랑 가족이 어떻게 피에르 오귀스트 르누아르와 알게 되었는지,
그리고 어떤 연유로 화가는 이 소녀를 그리게 되었는지는 분명치 않다.

다만 나는 예쁜 아이를 그린 그림을 보면 이 아이가 큰 시련 없이 잘
컸을지 걱정되곤 하더라. 화가의 위대한 필치로 캔버스에 박제되어버린
아이의 아름다움이 왠지 불행한 미래의 전조 같아서 약간 불안한 느낌이
든다. 그러나 내 불길한 예감과 달리 피에르 오귀스트 르누아르가 1893
년에 아델핀 르그랑의 결혼식에까지 참석했다는 기록을 보아 그녀는 큰
어려움 없이 잘 성장했고 그녀의 가족 또한 화가와 계속해서 친하게 지낸
듯하다. 괜히 안도감이 들어서 나는 이 그림이 더 사랑스럽다.

66

그는 그녀에게 원하는 대답을 들었을까?

에밀 프리앙
〈그림자의 효과〉
1891

흔히 동양에서는 풍경화를 더 높여주고 서양에서는 인물화를 더 쳐준다고 한다. 그래서인지 초상화의 기원은 동양이 아니라 고대 로마의 가이우스 플리니우스 세쿤두스가 쓴 '박물지'에 나온다. 고대 그리스에서 도기를 만들던 도공에게는 예술적 유전자를 이어받은 딸이 있었는데 그녀는 한 남자와 사랑에 빠졌다. 그런데 남자가 먼 곳으로 떠나게 되자 그녀는 안타까워하며 불빛으로 인해 벽에 비친 그의 잠든 얼굴 그림자 윤곽을 그려 간직하고자 했다. 그녀의 아버지인 도공은 딸이 왜 외간 남자의 잠든 얼굴을 그렸냐며 화내는 대신 그 그림에 점토를 입히고 부조를 만든 다음 그것을 가마에 구웠다고 한다. 전설적인 초상화와 초상조각의 탄생 이야기이다.

에밀 프리앙이 그림자를 강조해서 그림을 그리고는 제목을 이렇게 정한 것도 신화와 같은 이 이야기를 염두에 뒀기 때문이리라. 남자는 간절한 눈빛으로 여자에게 승낙의 말을 들으려고 하나 여자는 두려워서인지 부끄러워서인지 고개를 돌리고 있다. 섣부른 편견일지 모르나 여자의 검은 옷을 보면 남편을 일찍 여읜 게 아닐까 싶고, 남자는 죽은 남편의 친구이거나 가까운 친척일 것 같기도 하다. 그는 그녀에게 원하는 대답을 들을 수 있을까.

한편 그림자를 보니 생각나는 이야기가 있는데, 18세기 프랑스의 재무장관 에티엔 드 실루엣은 절약을 강조하며 화가들이 초상화를 그릴 때 인물의 윤곽 내부를 검게 칠하게끔 시켰다고 한다. 거기서 유래한 실루엣 silhouette은 윤곽 안을 검은색으로만 그린 그림, 그림자 형태로만 표현한 영화 장면, 복식에서 옷의 윤곽을 이르는 말 등으로 쓰인다. 그 정치가는 자신의 성이 이런 식으로 후세에 전하게 될지 과연 알았을까.

어쨌든 그림 속 여자의 긴 그림자가 남자에게 긍정의 대답을 해줬으면 좋겠다.

67

바흐의 집착은
인정할만하다

요한 제바스티안 바흐는 숫자 14에 대해 집착이 심했다고 한다. 그의 성인 'Bach'는 각각 알파벳 순서로 2(B), 1(a), 3(c), 8(h)인데 다 더하면 14가 되기 때문이라나. 요한 제바스티안 바흐는 푸가의 대명사이기도 한데 푸가는 쉽게 말해 같은 주제를 여러 소리로 부르는 돌림노래 같은 거다. 푸가의 어원 자체가 이탈리아어 도망에서 온 것으로 처음 나온 소리가 뒷소리에 쫓겨 도망간다는 의미를 담고 있다. 여러 성부의 선율을 작곡하려면 수에 대한 조예가 깊어야 할 것이고 그로 인해 숫자에 대해 집착이 생겼지 않았을까 싶다. 하여튼 그는 음악협회의 14번째 회원이 되기 위해 2년을 더 기다렸다고 하니 14에 대한 집착은 인정할 만하다.

나 또한 숫자나 날짜에 대해 사소한 집착이 있는 편이다. 영화 '더 팬'에서 웨슬리 스나입스가 등번호 11번을 집착하는 정도는 아니지만 내가 좋아하는 숫자에 괜히 의미를 부여하고 특정한 날짜를 기념하곤 한다. 이를테면 내 스스로 별칭을 'ps'라고 지었는데 두 알파벳은 95처럼 보여서 이 책은 95번째 그림까지 있다는 식이다. 이렇게 남들이 볼 때는 아무 것도 아니지만 자기에게는 특별하게 의미를 부여하는 것이 집착이리라.

제바스티안 바흐는 자신이 좋아하는 14에다가 천지창조의 기간인 6일을 곱한 수인 84 또한 의미 깊게 생각했다고 한다. 어쩌면 6성부의 6을 곱한 것인지도 모르지만 말이다. 어쨌든 그의 작품 중 상당수는 84마디로 되어 있고 작품의 마지막에 84라는 친필 사인을 남기기도 했다고 한다. 그러니 아무려면 어떤가. 원래 집착이란 딱 맞아떨어지지 않으면 대충 끼워 맞춰서라도 의미를 부여하게 마련이니까 말이다. 그저 'G선상의 아리아'나 들어볼 따름이다. 루트비히 판 베토벤이 그랬던가. '그의 이름은 시냇물Bach이지만 그의 음악은 바다Meer'라고.

조르주 브라크
1882 - 1963

〈바흐의 아리아〉
1913
wikiart

68

다른 어떤 것보다 강렬하게
연인들의 영혼을 결합시키다

이 그림을 처음 봤을 때 가브리엘 가르시아 마르케스의 소설 '콜레라 시대의 사랑'이 떠올랐다. 물론 소설의 제목 때문에 그렇게 연상된 것이겠지만 사실 소설은 전염병과 상관이 없다. 플로렌티노 아리사라는 남자가 51년 9개월 4일이라는 기나긴 세월을 기다려 페르미나 다사라는 여자의 사랑을 쟁취한다는 내용이다. 그에게는 콜레라보다도 지독한 시간이었으리라.

2011년에 개봉한 '퍼펙트 센스'라는 영화가 있다. 정체불명의 바이러스가 온 세상에 퍼지면서 인간들은 감각을 하나씩 잃게 된다. 주인공인 이완 맥그리거와 에바 그린이 영화의 마지막에 시각을 잃는 순간 키스를 하는 장면이 잊히지 않는다. 전염병이 돌아 모든 감각을 잃어도 사랑은 남는 것이리라.

시인 존 던은 '편지는 키스보다 더 강하게 두 영혼을 결합해준다'라고 했지만 르네 마그리트의 '연인들'을 보면 키스하는 남녀의 영혼이 다른 어떠한 것보다 강렬하게 결합해 있는 듯하다. 아마 그림의 하얀 천을 벗기면 흰 머리카락을 가진 플로렌티노 아리사와 페르미나 다사가 키스를 하고 있지 않을까. 그 키스는 51년 9개월 4일보다도 더 길고 강렬하다.

그러나 현실은 소설처럼 사랑이 이루어지는 것은 아니리라. 시인 윌리엄 버틀러 예이츠는 아일랜드의 배우이자 독립운동가 모드 곤에게 반해 10년 동안 네 번이나 청혼했지만 거절당했다. 모드 곤은 과격한 민족주의자 존 맥브라이드와 결혼했는데 1916년의 봉기가 좌절된 후 영국군에 의해 존 맥브라이드가 처형당하자 시인은 모드 곤에게 마지막으로 청혼했지만 또다시 거절당한다.

〈연인들〉
1928
wikiart

르네 마그리트
1898 – 1967

콜롬비아의 작가 에두아르도 아리아스 수아레스의 단편소설 '서러워라, 늙는다는 것은'에서 콘스탄티노는 긴 방랑 끝에 고향으로 돌아와 재회한 옛 연인 메르세데스의 늙음에 대해 안타까워하는 한편 그녀의 딸은 젊은 날의 메르세데스와 쏙 빼닮아 자신의 마음을 다시 흔든다는 것을 알게 된다. 하지만 자신 또한 늙었음을 깨닫고 결국 고향을 떠나는 것으로 이야기는 마무리된다. 그와 달리 부끄러움을 모르는 현실의 윌리엄 버틀러 예이츠는 52세의 나이로 모드 곤의 딸에게 청혼을 하고 이마저도 거부당한다. 훗날 프랑스에서 사망한 시인의 유해를 고국 아일랜드로 옮긴 정치인이 바로 모드 곤의 아들 숀 맥브라이드였으니 뮤즈의 품에 안기지는 못했으나 인연의 끈을 통해 고국의 흙으로 돌아갈 수 있어 다행이라면 다행인가.

니콜라이 야로셴코
〈삶은 어디에나〉
1888

69

삶은 희망이 끝나는 곳에서도
다시 이어진다

시베리아로 유형을 떠나는 죄수들을 실은 기차가 간이역에서 잠깐 정차한 사이 아이가 빵조각을 비둘기에게 주고 있다. 그 빵은 죄수들에게 목숨과도 같은 것이겠지만 사람들이 흐뭇하게 보는 게 인상적이다. 니콜라이 야로센코는 레프 톨스토이의 '사람은 무엇으로 사는가'를 읽고 이 그림을 그렸다고 한다. 그 사실을 알고 다시 그림을 보니 제목을 정말 잘 붙인 것 같다. 삶은 춥고 배고픈 곳에서도, 그리고 희망이 끝나는 곳에서도 어디에서나 이어지기 때문이다. 키케로가 그랬던가. '삶이 있는 한 희망은 있다'라고.

알렉산드르 솔제니친의 '수용소군도'를 읽으면서 러시아에는 왜 이리도 위대한 문학이 쏟아져나올까 하고 생각해본 적이 있다. 그것은 추운 날씨보다도 더 각박한 현실을 사실적으로 쓰는 자체가 문학이 되어버린 게 아닐까 싶다. 마찬가지로 러시아의 미술은 민중의 고통과 절망을 화폭에 사실적으로 담아내기 위해 존재한다. 겨울과 죽음의 이미지가 지배하는 그 사실주의 그림들은 묘하게도 춥고 서글픈 민중과 함께 자본주의의 축복을 받은 나까지도 위로한다. 그리고 니콜라이 야로센코의 이 그림은 위로보다도 더 초월한 어떠한 경지를 보여준다. 마치 삶이 그대를 속일지라도 비둘기에게 남은 빵조각을 나눠주라고 하는 듯하다. 그러고 보니 그림 속 엄마와 아이는 성모자처럼 보이기도 한다.

나는 반대쪽 쇠창살을 바라보는 남자가 되어 마음속으로 작게 다짐해본다. 춥고 배고픈 시베리아에서 내 마지막 빵을 이 아이에게 양보하겠다고. 다 떨어진 구두라도 더 헐벗은 소녀에게 건네겠다고. 그렇게 한다면 내 삶이 어디에 있더라도 가치가 있을 것이다. 사람은 그 가치로, 그리고 사랑으로 살아간다.

70

간절했기에 너무나 역설적으로 보여준 귀환의 순간

일리야 레핀
〈아무도 기다리지 않았다〉
1884 – 1888

시베리아에서의 오랜 유형을 마치고 혁명가는 갑자기 집으로 돌아왔다. 그의 얼굴을 알지 못하는 하녀가 무덤덤하게 문을 열어준다. 아아, 그의 야윈 얼굴을 가장 먼저 알아보고 일어서는 이는 역시 어머니다. 무릎이 아프지만 의자에서 벌떡 일어서 아들에게 달려가려고 한다. 피아노를 치던 그의 아내도 놀랍고 반갑기는 마찬가지겠으나 가장 먼저 행할 포옹을 시어머니께 양보하는 것이리라. 아버지의 얼굴을 기억하는 아들은 입가에 기쁨이 살짝 떠오르나 아버지가 낯선 딸은 긴장된 눈빛을 보인다. 그러나 뭔가 대단한 일이 일어나려는 순간인 것을 본능적으로 알고 발가락에 힘을 준다. 아무도 혁명가를 기다리지 않았지만 그는 화사한 햇살과 함께 집으로 돌아왔다.

일리야 레핀은 원래 여성 혁명가가 집으로 돌아오는 버전을 그렸는데 감흥이 기대에 못 미치자 아들이자 남편이자 아버지로서의 혁명가를 그린 버전을 내놓았다. 바로 이 그림이다. 처음 이 그림의 제목을 접했을 때 나는 불청객인 이가 집으로 돌아오는 그림으로 짐작했는데 사실 시베리아 유형을 떠난 혁명가는 죽은 목숨이나 마찬가지여서 돌아올 기대를 하지 않는 게 일반적이라는 이야기를 듣고서야 왜 그런 제목을 붙였는지 알게 되었다. 그리고 보니 어머니와 아내의 검은 옷이 상복처럼 느껴지기도 한다.

화가는 갑작스러운 귀환을 접한 가족들의 감정과 표정을 너무나 극적으로 우리에게 보여준다. 그러면서도 구부정하게 일어서는 어머니의 표정을 숨김으로써 더욱 상상력을 발휘할 수 있게 한다. 우리를 노심초사 기다렸던 어머니를 떠올리면 그 표정을 쉽게 상상할 수 있으리라 생각한다. 그리고 긴 유형 생활로 몸과 마음과 영혼이 모두 지쳤을 혁명가가 어머니를 품에 안으며 그제야 온 얼굴로 감정과 표정을 드러낼 것이라고 우리는 짐작한다. 모두가 가슴속에서 언제나 이 순간을 기다리고 있었기 때문이다.

71

시간이 흘러도
사랑은 남는다

애너 리 메리트
〈닫힌 사랑〉
1890

애너 리 메리트는 자신의 스승인 헨리 메리트와 결혼했지만 3개월 만에 사별했다. 이 그림은 남편을 추억하며 그렸는데 사랑의 신 큐피드가 잠긴 묘지의 문을 열려고 애쓰는 모습이 화가의 애절함을 드러낸다. 그림이 그려진 1890년 당시의 영국 화단에서는 여성 화가가 남자의 누드를 그리는 게 금기시되었기 때문에 아마도 소년을 모델로 그림을 그린 듯하다.

2017년에 소마미술관에서 이 그림을 처음 봤을 때 나는 에디트 피아프의 샹송 '사랑의 찬가'를 떠올렸다. 가수는 사랑을 위해서라면 세상 끝까지라도 가겠다고, 당신이 원하신다면 조국도 친구도 버리겠다고 노래한다. 그리고 만약 어느 날 갑자기 삶이 그대에게서 나를 떼어놓는다 해도, 당신이 죽어서 먼 곳에 간다 해도 당신이 나를 사랑한다면 전혀 중요한 것이 아니라며 나 또한 당신과 함께 죽는 것이라고 노래는 계속된다. 그러면서 우리는 서로 사랑하니까 두 사람을 위한 영원함을 갖는 거라고 노래는 마무리된다.

　라틴어 명구 중에 시간이 흘러도 사랑은 남는다는 '템푸스 푸지트, 아모르 마네트Tempus fugit, amor manet'라는 게 있다. 어쩌면 사랑 앞에서 시간 따위는 아무것도 아닐지 모른다. '사랑의 찬가' 속 가사처럼 사랑은 두 사람을 위한 영원함을 갖는 것이므로.

PART 4

:

일상의 아름다움과
그림이 전하는 우주

72

우리는 보이지 않는
빨간 실로 연결되어 있다

에드가 드가
〈몬테야지 공작부인과 딸들 엘레나와 카미유〉
1876

화가 에드가 드가가 아버지의 장례식에 온 고모를 그린 것처럼 시인 박철은 할아버지 돌아가시고 염할 때 사람들 헤치고 자기 손 끌어다가 할아버지 찬 손에 어린 손을 쥐여 주던 고모를 시로 노래합니다. '얘 병 좀 가져가요'라면서요. 삼십 년 후 그 고모가 돌아가시기 사흘 전에 다시 시인의 손을 잡고 말씀하셨습니다. '내가 가다 네 병 저 행주강에 띄우고 가마'라고요.

큰고모 돌아가시고 잡아본 찬 손은 왜 그리도 그리웠던가 했는데 바로 할머니의 손과 너무 닮아서였습니다. 특유의 여자치곤 큼지막한 손이 할머니의 손 그 자체였습니다. 고모 젊었을 적에는 몰랐는데 이제는 어쩜 그리 할머니와 닮으셨는지요.

박지원은 '연암억선형'이란 시에서 돌아가신 아버님 그리울 때마다 형님을 쳐다봤는데 이제 형님마저 돌아가셨으니 어디에서 볼까 하고 한탄한 후 냇물에 비친 자기를 보아야겠네 라고 노래합니다. 그렇습니다. 우리는 핏줄로 그리고 보이지 않는 빨간 실로 연결되어 있습니다. 할머니가 그리울 때 큰고모를 뵈면 되었고 이제 큰고모가 그리우면 작은고모를 뵈면 될 것입니다. 살아계시는 작은고모와 삼촌께 잘 하는 것이 이제는 볼 수 없는, 하지만 먼 훗날에 다시 만나게 될 할머니와 큰고모께 드리는 저의 선물이라 생각합니다.

73

인생의 회전목마는
현재와 미래를 보여주지 않는다

제롬 마이어스
〈회전목마〉
1930

7시 정각에 나는 어느 횟집에 홀로 앉아 있었다. 6학년 때 친구들을 오랜만에 보는 반창회였다. 친구 하나가 방으로 들어섰다. 밋밋한 장식의 창호가 열리는 순간, 그 친구의 얼굴이 살짝 보이는 그 순간, 나는 잠시 긴장했다. 손에는 땀이 조금 났는지도 모르겠다. 이왕이면 그 친구가 가장 먼저 와주었으면 하는 소망을 그 짧은 시간 동안 하고 있었기 때문이었을까. 살짝 미소 지으며 들어서는 모습이 열세 살 때와 크게 달라지지 않은 거 같아서 솔직하게 기뻤다. 악수 후에 일본식 앉은뱅이 의자를 살짝 빼주는 것도 잊지 않았다. 2년쯤 전의 반창회에서도 만났었지만 이렇게 단둘만 있는 상황은 처음인 것 같았다. 아니, 그 친구와 단둘만 있는 시간은 그야말로 내 인생에서 처음인 듯했다.

나와 그 친구는 마주 앉았다. 마치 투수가 포수의 사인을 보는 것처럼 그 친구를 정면에서 찬찬히 보았다. 이렇게 가까이서 보는 것도 처음이리라. 초등학교 시절 나와는 다르게 그 친구는 어른스러운 성숙미를 발산했는데 30대에 이르자 그 성숙미가 오히려 귀여운 모습으로 변한 것 같았다. 어린 시절 하얗던 피부를 현재의 화장이 되레 가려버렸지만 나는 그 모습 또한 찾아볼 수 있었다. 방 안에 나만 있는 걸 본 그 친구는 의아해했다. 혼자 있던 10분 정도의 시간 동안 나는 그 친구가 가장 먼저 왔으면 싶었고 만약 내 바람대로 그 친구가 가장 먼저 들어선다면 약간의 연기를 해보고자 했다. 다른 친구들은 아직 안 왔냐는 질문에 나는 사실 반창회는 거짓이었다며 너를 보고 싶어서 거짓말을 했다고 말했다. 순간적으로 깜짝 놀라는 그 친구의 얼굴이 솔직하게 귀여웠다. 마치 예상치도 못한 남자에게 사랑 고백을 들은 미녀의 얼굴이 과연 그러할까. 그 얼굴을 더 즐기고 싶었지만 곧바로 나는 연기를 포기하기로 했다. 연기력이 받쳐주지 못하기도 했고 다른 친구들이 슬슬 올 시간이었기 때문이다. 이럴 줄 알았으면 다른 친구들에게는 약속 시각을 8시라고 할 걸 그랬나 싶기도 했다. 놀래주고 싶어서 장난이었다고 밝히자 활짝 웃는 그 친구의 모습을 보며 이상하게 아쉬움이 스며들었다. 그래서 사실 네가 가장 먼저 왔으면 싶은 마음이 있었다는 말을 조심스럽게 흘렸다. 센스가 있는 친구이니, 그리고 어린 시절부터 수많은 남자들에게 수많은 관심의 표현들을 받아보았을 터이니 아마도 내 쑥스러운 마음도 그 친구는 잡아냈을 것이다.

그때쯤 어슬렁거리며 다른 친구 하나가 나타났다. 나는 새로이 나타난 그 친구를 원망했을까. 우리 둘이 앉아 있는 모습이 마치 맞선을 보는 것 같다고 시시껄렁한 농담을 던지며 새롭게 나타난 친구는 쾌활하게 웃었다. 토이의 '좋은 사람'에서 '우리들 연인 같다 장난쳤을 때 넌 웃었고 난 밤 지새웠지'라고 했던가. 나는 한창 분위기 좋았는데 좀 늦게 왔어야지 하며 진심이 담긴 농담으로 되받았다. 현대의 신데렐라는 밤 10시 30분에 마법이 풀리는 것일까. 그 친구는 2차로 옮기기 전에 누구보다 빨리 헤어짐을 고했다. 그러고 보니 반창회 때마다 그 친구는 가장 먼저 사라졌던 듯하다. 나는 제대로 된 배웅도 못 하고 그 친구의 뒷모습을 하염없이 바라봤다. 주변에 다른 친구들이 없었다면 쫓아가서 그 친구의 어깨에 살며시 손을 얹었을까. 과연 내가 그 정도로 뻔뻔해졌는지는 모르겠다. 어쩌면 나는 30대의 그 친구를 좋아하는 게 아니라 열세 살의 그 친구를 좋아했던 것이 아닐까. 우리 모두의 공주님이었던 열세 살 그 친구의 모습에 반했던 것은 아닐까. 하여 그 친구와의 미래보다 과거를 간직하고 사는 것이 더 낫지 않을까. 물론 비겁한 어른인 나의 변명이자 자기합리화일지도 모른다. 그러나 인생의 회전목마는 시계 반대 방향으로 돌면서 좋았던 그 어린 시절의 나와 내 친구들의 모습을 보여줄 뿐이지, 현재와 미래를 보여주지는 않는다. 해서 그 친구의 전화번호가 저장된 휴대폰을 만지작거리다가 주머니에 사정없이 넣어버렸다.

클로드 모네
〈임종을 맞은 카미유〉
1879

74

기억에서 사라질 때
완전한 죽음을 맞는다

어쩌면 죽는 것보다 죽어가고 있는 게 더 슬픈 일일 것이다. 할머니는 죽어가고 있었다. 나는 그때 죽음이 쥐와 비슷하다고 느꼈다. 생명을 갉아먹는 모습이.

병든 환자를 치료해주는 곳이 아니라 죽어가는 사람을 위한 곳인 병원에서 아버지와 어머니와 고모와 당숙과 당숙모는 할머니의 죽음 이후의 절차에 대해 건조하게 상의했다. 나는 그 대화들이 '찍찍, 찍찍'으로 들렸다. 생명을 갉아먹는 소리로.

전래동화에서의 효자는 병든 노모를 위해 손가락을 잘라 그 피를 어미의 입에 떨어뜨렸다던가. 쥐새끼같이 겁 많은 나는 희미하게 뛰고 있는 할머니의 경동맥만을 물끄러미 바라봤다. 그때 클로드 모네의 그림이 생각났다. 아내인 카미유의 임종 순간을 그린 그림이 말이다. 화가란 그런 사람인 것일까. 슬픔의 감정을 화폭에 담아내기 위하여 아마도 그는 급하게 붓질을 시작했으리라. 그 순간이 아니면 절대 이 그림을 그리지 못할 것 같은 두려움을 느끼면서 말이다.

사람은 두 번 죽는다. 한 번은 물리적인 죽음이고, 나머지 한 번은 남겨진 이들의 기억에서 사라질 때 완전히 죽는다. 하여 카미유의 마지막은 클로드 모네의 슬픔이 투영되어 불멸의 작품으로 남겨졌으므로 그녀는 영원히 살게 되는 것이 아닐까. 마찬가지로 내가 할머니를 기억하고 있는 한 할머니도 내 곁에서 영원히 살아계신 것이리라.

75

영화관보다
극장이란 단어를 더 좋아한다

레지널드 마시
〈20센트짜리 영화〉
1936

가장 처음 본 영화는 물론 기억할 수 없다. 아마도 텔레비전에서 방영한 어떤 영화를 얼핏 스쳐봤겠지. 가장 처음 극장에서 본 영화 또한 기억할 수 없다만 기억에 남아 있는 극장에서 본 가장 오래된 영화는 아마도 '킹콩 2'인 것 같다. 부모님을 따라간 소극장은 극장이라기보다 어른들의 야간 유흥장소에 가까웠다. 맥주를 팔았고 로비에는 오락실 기계도 한두 대가 덩그러니 있었다. 어른들은 남아도는 밤의 시간을 어찌할 수 없어서 소극장에 모여 흥미도 없는 영화를 보고 있었던 것 같다. 나는 그때 잠이 쏟아지는 와중에도 '킹콩 2'를 보려고 눈꺼풀에 힘을 준 기억이 얼핏 난다.

어릴 때 MBC에서 방영한 '테마게임'이란 옴니버스 시트콤이 있었다. 개그맨 김진수가 주인공인 한 에피소드가 생각난다. 내용은 다 잊었는데 남자 주인공이 꼭 극장의 맨 앞줄에서 영화를 본다고 한 게 잊히지 않는다. 그러면서 그 에피소드의 마지막에 자기처럼 맨 앞줄에서 영화를 보는 여자를 운명처럼 만나면서 끝이 나는 게 너무나 인상적이었다. 하여 나는 항상 극장의 맨 앞줄에서 영화를 본다. 베르나르도 베르톨루치 감독의 '몽상가들'이란 영화를 보면 초반에 극장에서 영화를 보는 주인공이 뒷줄 좌석에 앉은 다른 사람보다 먼저 영화를 자신의 눈에 담고 싶어서 가장 앞줄에 앉는다는 내용도 떠오른다.

소설가 한은형은 영화관보다 극장이란 단어를 더 좋아한다고 하는데 나 또한 영화관이란 말보다 극장이란 표현이 더 좋더라. 현실 세계와는 좀 떨어진 극장의 그 어두운 분위기가 좋아서 많은 사람이 몰려 있는 뒷줄 좌석보다 조용한 맨 앞줄을 선호하는지도 모르겠다. 거기서 김진수처럼 운명적인 이성을 만나면 더욱 좋겠고 말이다.

76

어떤 날에 에드워드 호퍼의 그림처럼

열차에 오르고 내 좌석을 찾아가는데 어느 여성이 내 자리에 앉아 있었다. 할머니라고 부르기에는 손주가 없을 것 같고, 아주머니라고 부르기에는 흰 머리카락이 검은 머리카락보다 많은 여성이었는데 옥신각신하기 귀찮아서 창가 자리를 양보하고 그냥 옆에 앉았다. 멕시코의 전통 모자인 솜브레로와 비슷한 여행용 모자를 손에 쥐고 있기에 형식적으로 어디 여행가시냐고 말을 걸고는 곧바로 에드워드 호퍼의 그림처럼 책을 펼치려 했다.

그런데 자기는 미국에서 42년 만에 처음 우리나라에 온 거라는 말을 해서 나는 책을 펼치지 않고 그 여성과 대화를 나누고 싶어졌다. 그녀는 42년이 흐르니 알고 지내던 친척이나 친구가 하나도 없다는 것, 하여 경주 최씨라는 이유 하나로 경주에 원룸을 잡고 1년간 전국을 여행하고 있다는 것, 제주도는 별로였고 나중에 변산반도를 가보고자 한다는 것, 사실은 10개월 전에 입국한 터라 이제 2개월 후에는 다시 미국으로 돌아간다는 것 등을 이야기했다.

　나는 1년이나 혼자서 여행을 한다는 건 남편이 없거나 결혼을 하지 않은 게 아닐까 하는 무책임한 편견을 가지고 대화를 이어갔다. 그녀는 나도 이름을 들어본 적 있는 미국 동부와 서부의 명문대를 나왔다는 자랑을 살짝 흘리더니 우리 유학생들에 대한 비판과 지나친 교육열에 대해서 쓴소리를 이어갔다. 그리고 대화는 교육을 넘어 우리나라와 미국 사회 전반을 넘나들다가 밖의 풍경을 보더니 예전에는 민둥산이었는데 42년 만에 다시 오니 푸르게 변해서 너무나 인상적이라고 했다.

　그러다가 나의 목적지에 도착한다는 안내 방송이 흘러나와 나는 그녀에게 악수를 청했다. 2개월 동안 변산반도 등을 여행 잘하시고 조심히 미국으로 돌아가시라며 말이다. 열차에서 내리고 역을 빠져나오면서도 나이가 한참 어린 나에게 꼬박꼬박 존대를 하던 그 여성의 목소리와 미국식 영어로 혀를 약간 꼰 특유의 추임새가 귓가에 남아 맴돌았다.

〈293호 열차 C칸〉
1938
wikiart

에드워드 호퍼
1882 – 1967

77

한 동물을 사랑하기 전까지 우리 영혼은 잠든 채로 있다

오디세우스가 트로이 전쟁 뒤 10년간의 유랑을 겪고 거지꼴이 되어 자신의 왕국에 도착했을 때 자신을 알아보는 사람은 아무도 없었다. 그러나 그가 기르던 개는 자신의 주인을 알아보고 꼬리치며 달려왔다. 어릴 때 읽은 호메로스의 '오디세이아' 속 이 이야기가 내 마음을 흔들어 어디선가 개 한 마리를 얻어왔을 때 오디세우스가 기르던 개 이름을 나의 개에게 이름 붙여주었다. 아르고스, 눈이 백 개가 달린 괴물 이름이기도 하고 거친 이가 많이 살았던 나라 이름이기도 하다. 나는 나의 수컷 골든레트리버 강아지에게 이 무시무시한 이름을 붙여주었는데 그건 내가 무슨 꼴을 당하고 귀가하더라도 나에게 꼬리를 살랑살랑 흔들며 내 마른 손을 핥아주었으면 하는 이유로 명명한 것이리라.

아르고스는 2002년 12월 21일에 태어났다. 좌우가 거울을 사이에 둔 듯 정확히 반으로 포개지는 날짜에 태어났는지라 개의 이름은 데칼코마니가 될 뻔도 했다. 집 안에서 자라던 아르고스는 성견이 되어 더는 집

찰스 버튼 바버
〈특별 변호인〉
1893

안에 둘 수 없을 때 튼튼한 목줄에 묶여 마당에서 기르게 되었다. 그때부터 뒤란의 좁은 공간에서 쓸쓸히 나이가 들어갔다. 목줄의 탄성 범위 안에서만 답답한 자유를 누리고 내가 주는 밥과 물에 만족감을 표하며 그렇게 늙어갔다. 크게 짖지도 않고 아주 점잖게, 아버지의 휴대폰을 물어뜯어 고장 내버린 것 외에는 말썽 없이 잘 자라주었다.

작가 아나톨 프랑스가 그랬던가. '한 동물을 사랑하기 전까지 우리 영혼의 일부는 잠든 채로 있다'라고.

아르고스는 2015년 7월 30일에 죽었다. 길다면 길고 짧다면 짧으며 골든레트리버의 수명에 적절하다면 적절한 세월이다. 큰 개는 작은 개에 비해 수명이 짧다고는 하던데 정확한 건 모르겠다. 어쨌든 나이가 드니 산책할 때 다리도 약간 절었고 먹는 것도 예전만 못하더라. 그 긴 털을 가지고 헤르메스의 피리와도 같은 살인적인 더위를 그렇게 힘들어하더니만 며칠을 쌕쌕거리다가 저세상으로 가버렸다. 새벽에 나가보니 축 늘어진 채로 그야말로 죽은 듯이 죽어있었다. 전날 저녁에 어머니가 줬다는 짜장밥은 입도 대지 않은 채 밥그릇에 덩그러니 담겨 있었다. 10년이 넘는 세월 동안 아르고스를 옭아맸던 목줄을 풀어주려고 보니 털과 하나가 된 듯 꽉 달라붙어 힘으로 빼기가 쉽지 않았다. 전지가위로 잘라주는데 그때 참았던 눈물이 터지더라. 실연하고 쓸쓸히 집에 돌아왔을 때 나를 반겨주던 아르고스가, 세상에 외면당하고 소주에 취한 나를 핥아주던 아르고스가 이제는 없는 것이다. 그렇게 생각하니 눈물이 쏟아졌다.

나처럼 슬픔에 잠긴 부모님은 아르고스가 보름달이 뜬 밤에 죽었으니 좋은 곳으로 갔을 거라며 나를 위로하셨다. 왜인지 모르지만 아무도 없는 해변에서 아르고스가 나를 향해 달려오는 이미지가 내 머리에서 떠나지 않는다. 나도 아르고스를 안기 위해 뛰고 있다. 부모님이 말씀하신 좋은 곳이란 그런 풍경인 것일까.

마음껏 달려라, 아르고스!

78

음식을 통해 인연을 가꾸고 마음을 더하다

국어사전에서 '삼삼하다'를 찾아보면 '음식이 좀 싱거운 듯하면서도 맛이 있다'라는 뜻과 함께 '잊히지 않고 눈앞에 보이는 듯 또렷하다'라는 두 가지 뜻이 나온다. 요즘 들어 3월 3일은 삼겹살 데이라면서 삼겹살 소비를 촉진케 하지만 나는 이날이면 꼭 만두를 먹는다. 평범한 만두가 아니라 어느 특정한 만두 가게에서 만든 군만두를 먹는다.

3월 3일에 꼭 그 만두를 먹는 이유는 1988년 3월 3일에 그 만두를 처음 먹었는데 그 맛이 너무나 감동적이었기 때문이다. 또한 30년도 더 지난 날짜를 정확히 기억하는 이유는 그날이 나의 초등학교 입학일이었기 때문이다. 부모님께서는 근처의 유명한 중국집에 나와 여동생을 데려 갔는데 입학식을 마치고 모두 그 중국집에 점심을 먹으러 갔는지 빈자리가 없었다. 어쩔 수 없이 조금 더 걸어가면 있는 어느 만두 가게에 들어갔는데 군만두를 한 입 베어먹는 순간 너무나 맛있어서 눈이 휘둥그레졌다. 그리고 그 만두를 지금까지도 종종 먹고 있다.

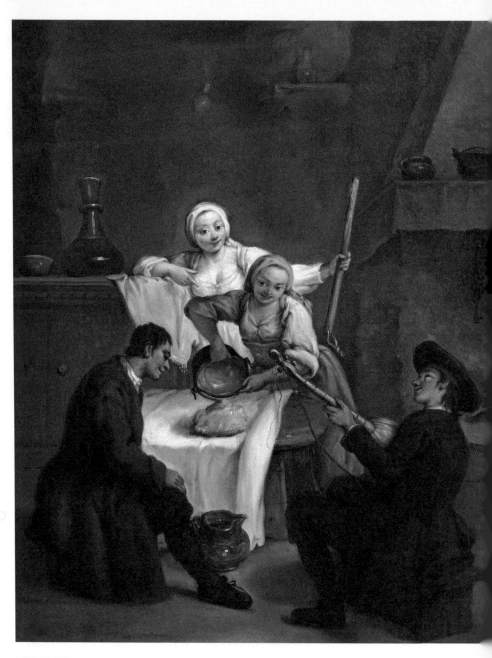

피에트로 롱기
〈폴렌타〉
1735 – 1741

딱 30년째인 2018년 3월 3일에 나는 그 만두 가게에 가서 군만두 3인분을 포장해달라고 주문했다. 만두가 구워지는 동안 혹시 주인 할머니를 뵐 수 있냐고 여쭤봤다. 왜 그러냐고 묻길래 오늘이 이 만두를 처음 먹은 지 30년째 되는 날이라서 특별히 감사의 인사를 전하고 싶다고 말했다. 주인 할머니가 나오셔서 간단히 감사 인사를 전하고 우리는 세월이 묻어나는 이야기를 잠깐 나눴다. 처음 내가 그 만두를 사 먹었을 때는 육백 원에 여섯 개였는데 지금은 육천 원에 여섯 개로 가격이 열 배 인상됐다는 이야기, 30년 동안 포장 용기 디자인이 여러 번 변했다는 이야기, 그리고 두 번이나 그 만두 가게가 불탔고 화재 후에 장사가 더 번창하더라는 이야기, 맛집으로 소개되어 방송에도 출연했다는 이야기, 프랜차이즈가 되어 전국에 몇 개 지점이 늘었다는 이야기, 등등.

　　30년의 세월이 흘렀지만 주름의 깊이와 양은 그대로인 주인 할머니와 이야기를 마치고 나가려는 순간 어느 소년이 들어와 군만두 2인분을 포장해달라고 주문했다. 가격이 만이천 원인데 소년의 어머니는 착각하고 만 원짜리 한 장만 쥐어졌나 보다. 소년이 다시 돈을 더 가지러 가게를 나서려고 할 때 나는 충동적으로 이천 원을 내가 내주겠다고 했다. 그 소년은 낯선 아저씨가 왜 저러나 하는 의심의 눈빛을 보냈지만 나는 마음속으로 이렇게 기원했다. 30년이 더 지나도 이 만두 가게가 이 자리에 계속 있기를 말이다. 그래서 소년도 나처럼 아저씨가 되어 이런 가벼운 친절을 다른 소년에게 베푼다면 참 멋진 일이겠다고.

79

서양화 속 일본풍은 어디서부터 시작되었을까?

클로드 모네
〈일본 의상을 입은 카미유〉
1876

일본 속담에 '바람이 불면 통장수가 돈을 번다'라는 게 있다. 바람이 불면 흙먼지가 날리고, 흙먼지가 날리면 눈에 먼지가 들어가서 눈병이 나고, 눈병 때문에 맹인이 늘어나면 그 맹인은 일본 현악기인 샤미센을 연주하는 일밖에 할 수 없게 되고, 샤미센 연주자가 늘어나면 샤미센을 만드는 데 필요한 고양이 가죽의 수요가 급증하고, 그 때문에 고양이가 많이 죽으면 쥐가 늘어나 통을 갉아먹고, 결국 통의 수요가 늘어 통장수가 돈을 벌게 된다는 거다. 흔히 쓰이는 표현인 '나비 효과'처럼 전혀 관계없는 일이 다른 곳에 예상 밖의 영향을 미친다는 뜻을 가진 속담이다.

프랑스 판화가 펠릭스 브라크몽은 일본에서 수입한 도자기를 보러 갔다가 도자기 자체보다 그 도자기의 포장지를 보고 깜짝 놀랐다. 포장지로 사용된 것은 자유롭고 거침없는 데생이 특징인 일본 목판화 우키요에였던 것이다. 일각에선 그것이 가쓰시카 호쿠사이의 '호쿠사이 만화'라고 하는데 사실 펠릭스 브라크몽의 일화 자체가 실재했는지조차 알 수가 없다. 우키요에라는 일본어가 덧없는 세상이나 속세를 뜻하는 '우키요'와 그림을 뜻하는 '에'의 합성인 거처럼 일화의 진위를 따지는 자체가 덧없는 것일지도 모른다. 어쨌든 펠릭스 브라크몽은 친분이 있는 클로드 모네 등 인상주의 화가들에게 우키요에를 소개했고 인상주의자들은 일본 그림과 문화에 열광하게 된다. 바람이 불면 통장수가 돈을 버는 것처럼 도자기를 수출했는데 포장지로 쓰인 우키요에가 더 중요한 문화 상품이 된 것이다.

클로드 모네는 자신의 아내인 카미유에게 일본 의상을 입히고 초상화를 그렸다. 의상뿐만이 아니라 부채에서도 일본풍이 확연히 드러난다. '드래곤볼' 같은 일본 만화와 애니메이션이 서양에서도 인기 있는 걸 보면 그 시초는 우키요에인지도 모르겠다. 그럴 때 나는 약간 질투 때문에 눈이 멀게 된다. 바람도 불지 않는데 왜 눈이 멀게 되었을까.

80

사랑하는 나의
조카에게

장 자크 에네
〈쥘 에네, 화가의 조카〉
1867

닉 혼비의 책 '피버 피치'에는 1968년 9월 14일 아버지를 따라 우연히 하이버리 스타디움에 간 저자가 홈팀인 아스널 FC의 0 대 1 승리를 목격하며 아스널 FC에게 평생의 사랑을 바치게 된다는 사연이 나온다. 그저 그런 팀인 스토크 시티 FC와의 졸전 끝에 실패한 페널티킥을 주워 넣은 결승골 하나에 말이다. 그걸 미국식으로 각색한 영화 '날 미치게 하는 남자'를 보면 주인공 벤은 어릴 때 외삼촌 칼을 따라 펜웨이파크에 가고는 평생을 보스턴 레드삭스의 팬으로 살게 된다. 어쩌면 우리가 하나의 팀을 응원하게 되는 데는 이런 우연한 일이 평생의 운명을 좌우하게 되는 건 아닐까 싶다. 나 또한 김병현이란 투수가 없었다면 아마도 보스턴 레드삭스를 응원하게 되는 일은 없었을 것이다. 하물며 이런 외삼촌을 두지 않았다면 너도 보스턴 레드삭스란 팀 자체를 몰랐을 테지.

페드로 마르티네스나 데이비드 오티즈 등 야구 괴물들을 다수 배출한 도미니카공화국에서는 아이를 임신하게 되면 거의 모든 부모가 딸보다는 아들을 원한다고 한다. 그 이유는 자식에게 야구를 시키기 위함이다. 국민 대다수가 야구에 빠져 있기에 괴물 같은 메이저리거를 그렇게도 많이 배출하는 게 아닐까. 나도 여동생이 너를 가졌다는 기쁜 소식을 전했을 때 은근히 여자 조카보다는 남자 조카를 원했었다. 그것은 함께 야구를 보고 즐기고 싶었기 때문이다. 그리고 골수까지 사무친 보스턴 레드삭스 팬을 곁에서 길러 보고 싶었다. 가까운 미래에 보스턴 레드삭스 저지를 입은 너와 캐치볼을 하며 베테랑 외야수 무키 베츠의 명예의 전당 가능성에 관해 열띤 토론을 하고 싶은 것이다.

그러나 나는 네가 야구나 보스턴 레드삭스에 무조건 열중하기만을 바라지는 않는다. 영화의 주인공 벤은 자신의 인생에서 보스턴 레드삭스가 숨쉬기보다 더 중요하다고 말한다. 나는 네가 야구나 보스턴 레드삭스가 최고의 우선순위가 되지는 말았으면 한다. 영화 '굿 윌 헌팅'에서 심리학 교수로 나와 주인공 맷 데이먼의 상처를 보듬어주는 로빈 윌리엄스가 1975 WS 6차전 칼튼 피스크의 끝내기 홈런을 언급하면서 그 경기 입장권이 있었지만 가지 않았다고 하는 장면이 나온다. 왜 가지 않앗냐며 깜짝 놀란 맷 데이먼에게 로빈 윌리엄스는 경기 시작 전에 한눈에 반한 여성을 쫓아가느라 그 경기를 보지 못했다는 말을 전한다. 그 여성과는 나중에 결혼했다면서 말이다. 나도 네가 야구나 보스턴 레드삭스 따위보다 한눈에 반한 여성을 쫓아가는 삶을 살기를 바란다. 벤이 드루 배리모어와 헤어지고 방구석에 틀어박혀 1986 WS 6차전 빌 버크너의 '알까기' 장면을 연속해서 보는 것보다 보스턴 레드삭스를 버리고 드루 배리모어를 쫓아가는 선택을 하길 바란다. 하여 야구나 보스턴 레드삭스 따위는 네 인생의 4순위나 5순위쯤에 두었으면 한다.

하지만 우리의 보스턴 레드삭스는 네가 중요한 시험에 낙방했거나 열렬히 원했던 사랑에 실연했을 때 그리고 세상이란 놈의 이빨이 너를 물어뜯을 때 너를 위로해주기 위해 조용히 기다리고 있을 거다. 언제나 봄이 오면 계속 그 자리에서 너를 기다리고 있는 것처럼 말이다. 그때 외삼촌인 나는 펜웨이파크의 시즌 티켓을 주지는 못하더라도 함께 야구 한 경기를 보며 가만히 어깨동무를 해줄 수는 있을 것이다.

우리와 같은 보스턴 레드삭스의 열렬한 팬이면서 위대한 작가인 스티븐 킹의 '리타 헤이워드와 쇼생크 탈출'을 읽으면 주인공 앤디 듀프레인이 말한다. 희망은 좋은 것이라고. 가장 소중한 것이라고. 좋은 것은 절대 사라지지 않는다고 말이다. 우리가 보스턴 레드삭스를 함께 응원하면서 가장 소중하고 가장 좋은 것인 희망을 항상 간직했으면 좋겠구나. WS 우승을 이루든 꼴찌를 하든 너는 항상 희망을 품고 사는 그런 보스턴 레드삭스의 팬이 되었으면 싶다.

81

출근길에 마주치는 그녀를 떠올리며

출근길에 어쩌다가 마주치는 여자가 있다. 서로의 일터가 반대 방향에 있는지 우리는 아침 8시 45분쯤에 스쳐 지나가게 된다. 멀리서 걸어오는 그녀의 실루엣이 눈에 들어오면 나의 심장은 조금씩 뛰기 시작한다. 그리고 나는 그녀에게 말을 걸고 싶은 충동에 휩싸인다. 무슨 말로 시작해야 할까. '너무 예쁘셔서 그런데, 출근할 때 뵙게 되면 제가 먼저 인사해도 될까요?' 이런 말을 거는 나 자신을 상상하고 있으면 그녀는 이어폰을 낀 채 스쳐 지나가 버린다.

영화 '은밀한 유혹'에서 로버트 레드포드가 데미 무어에게 젊은 시절 뉴욕의 지하철에서 있었던 이야기를 해주는 장면이 있다. 지하철 안에서 정말 마음에 드는 여자를 보고는 말을 걸까 말까 고민하는 사이 그 여자는 지하철에서 내리고는 문이 닫히자 자신을 향해 천사 같은 미소를 지었다고 한다. 로버트 레드포드는 그 미소를 잊을 수 없어 몇 달 동안이나 같은 시간대에 그 지하철역을 서성이며 그녀를 찾았지만 결국 다시는 만나지 못했다면서 그 후로는 첫눈에 반한 여성을 만나면 절대 우물쭈물하지 않겠다는 각오를 밝힌다.

　　말 한마디 못 건네보고 시간만 흘려보낸 나는 어느 순간부터 출근길에서 그녀를 더는 볼 수 없게 되었다. 극작가 조지 버나드 쇼가 나에게 '우물쭈물하다가 내 이럴 줄 알았지'라고 말하는 것 같다. 그러다가 요하네스 이텐의 그림과 같은 상상을 하게 된다. 미래에 결혼한 나는 아내와 함께 산책 중에 임신한 그녀를 마주치게 된다. 내가 너무나 의미심장하게 쳐다보는 것을 이상하게 생각한 아내는 그녀를 돌아본다. 나는 아내의 손을 잡고 어서 가자고 재촉하지만 마음속으로는 이 말을 떠올려본다.
　　'너무 예쁘셔서 그런데, 출근할 때 뵙게 되면 제가 먼저 인사해도 될까요?'

요하네스 이텐
1888 - 1967

〈행인〉
1930
ALBERTINA

82

신윤복이 현대 화가로서 미인도를 그린다면

사실 현대에 통하는 미의 기준으로 보면 그림 속 여인은 미인이라고 부르기 어려울지도 모른다. 개인적으로도 크게 감흥을 일으키는 그림이 아니다. 그런데 그림의 왼쪽 위에 있는 화제가 인상적이다. '화가의 가슴 속에 만 가지 봄기운이 일어나니 붓끝은 능히 실물을 그려낼 수 있었다盤礴胸中萬化春 筆端能與物傳神'라고 읽기 어렵게 쓰여 있다. 물론 대략적인 해석이고 전문적으로 한자를 풀이하자면 여러 갈래로 뜻이 나뉠 수 있다. 앞 두 글자는 옷을 풀어헤친다는 뜻의 '해의반박'의 줄임말로 그 주체를 화가로 볼 수도 있고 그림 속 여인으로 볼 수도 있으니 말이다. 어쨌든 신윤복이 미인의 그림을 그리면서 가슴속에 봄기운을 일으켜 모습과 함께 정신까지 표현할 수 있었다는 뜻이 아니겠는가.

그림 속 여인은 트레머리라고 하는 가체를 얹어 머리를 장식하고 있다. 저고리 춤이 짧고 너비가 넓은 치마를 입었는데 이러한 복식은 조선 후기에 유행했다고 한다. 그리고 이러한 복식 때문에 그림 속 여인을 기

신윤복
〈미인도〉
18세기경

생으로 보는 주장이 많다. 그림의 주인공이 누구인지 밝혀지지 않아 상상력이 유별난 사람은 신윤복이 원래 여자였고 '미인도'는 본인을 그린 자화상이라는 상상의 나래를 펼치며 영화나 드라마로 만들기도 했다. 그러나 그저 재미로 볼 뿐이지 역사적 사실과는 거리가 멀다.

만약 신윤복이 현대의 화가로서 같은 제목의 그림을 그린다면 어떤 그림이 나올까. 어딘가 비슷한 외모를 자랑하는 특색 없는 미인을 그려두고 가슴속 봄기운이 일어난다는 시를 쓸 것인지 궁금하다.

83

아무 일도 일어나지 않은 날이었다

비토리오 마테오 코르코스
〈작별〉
1882

2013년 9월 11일 수요일 저녁 7시에 나는 포항 영일대해수욕장에 인접한 어느 횟집 2층 테이블에 앉아 있었다. 그녀가 도착했다는 전화가 와서 잠시 테이블에서 일어나 마중하러 나간다. 들어올 때는 못 봤지만 2층의 라운지에 바다와 배를 그린 멋진 유화가 걸려 있다. 화장실 옆이란 게 좀 어울리지 않기는 했지만 말이다. 그림을 잠시 쳐다보고 있자니 그녀가 생긋 웃으며 올라온다. 세 가지 면에서 실망했다. 첫째 안경을 꼈고, 둘째 바지를 입었고, 셋째 운동화를 신었다. 정장을 쫙 빼입은 나로선 어색하게 오른손을 내밀며 악수를 청한다. 시시한 이야기가 오가고 종업원은 계속해서 회며 매운탕이며 음료수며 반찬들을 나르느라 분주하더라. 정말 오랜만에 아니, 어른이 된 이후에는 처음인 거 같은데 회를 먹으면서 소주를 마시지 않은 것 같다. 둘 다 차를 가져왔기에 소주 대신 사이다를 시켰다. 아, 그래서 대화가 뚝뚝 끊어졌던가. 하여튼 소문난 집에 먹을 거 없다고, 회며 매운탕이며 모두 기대 이하였다. 아니, 원래 회와 매운탕은 이런 별맛 없는 것들인데 내가 지금까지 소주로 혀를 마비시켜 놓은 뒤에 먹었기 때문에 맛있는 거라며 속고 살았는지도 모를 일이다. 우리는 자리에서 일어났고 나는 오랜만에 포항까지 왔는데 잠시 바다를 보러 가자고 말한다. 바다로 걸어가며 몇백 번이나 마음속으로 연습했던 시나리오를 머릿속에 반복 재생시킨다. 기습 키스를 하고 고백을 하는 그런 시나리오를. 그런데 결정적인 순간에 용기가 생기지 않는다. 의미 없이 해변을 거닐게 된다. 다른 커플들이 눈치 없이 지나가는 상황도 마음에 들지 않는다.

'인생이란 가까이서 보면 비극이지만 멀리서 보면 희극'이라고 찰리 채플린이 그랬던가. 나중에 이 순간을 돌이켜보면 얼마나 웃길 것인가. 차로 돌아오는 길에서 나는 드디어 용기를 낸다. 그녀에게 기습 키스를 시도하지만 깜짝 놀라 피하는 그녀로 인해 상황은 더욱 꼬인다. 순식간에 추행죄를 범한 느낌이다. 그렇지만 곧바로 정신을 차린 나는 고백의 말을 쏟아낸다. 그렇게 수백 번을 연습했지만 실전에서는 생각만큼 멋지게 말을 못한 느낌이다. 그녀는 꽤 충격을 받은 듯하다. 생각지도 못한 사람에게 사랑 고백을 받은 얼굴을 하고 있다. 물론 나는 고백이 성공하지 않으리라 이미 예상했다. 그녀의 안경에서, 바지에서, 운동화에서. 나를 이성으로 생각하고 나왔다면 렌즈를 끼고, 스커트를 입고, 하이힐을 신었으리라.

잠깐 걸어서 그녀의 차까지 당도했다. 나는 국립중앙박물관에서 관람한 이슬람의 보물-알사바 왕실 컬렉션 전시에서 받은 캘리그래피를 그녀에게 건넨다. 아랍어로 그녀의 이름과 하비비ﺣﺒﻴﺒﻲ라고 적혀 있다. 하비비는 아랍어로 나의 사랑이란 뜻이다. 나는 그녀를 배웅하고 바다를 다시 보러 갈까 하다가 소주가 너무 생각날 것 같아 그냥 차로 돌아왔다. 그녀가 내 마음을 받아주든 그렇지 않든 큰 짐을 내려놓은 건 사실이다. 그 짐을 그녀의 어깨에 올려놓은 건지도. 어쨌든 먼 길을 향해 차를 출발시켰다. 2001년 9월 11일에 미국은 아랍에게 테러를 당했고, 2013년 9월 11일은 아무 일도 일어나지 않은 날이었다.

84

그로테스크한 형상 때문에
수모를 겪어야 했던 작품

오귀스트 로댕
〈발자크〉
1897 – 1898

프랑스의 저술가협회 오노레 드 발자크 추모위원회는 당대 최고의 조각가 오귀스트 로댕에게 오노레 드 발자크를 기리기 위한 기념상을 의뢰했다. 오귀스트 로댕은 오노레 드 발자크가 다니던 양복점에 가서 고인의 정확한 신체 치수까지 알아냈고 조각상에 어울리는 자세를 잡느라 온갖 상상과 실험을 거친 뒤 마침내 조각상 '발자크'를 구상해냈다. 그러나 주문자들은 유령 같은 의상에 압박감을 주는 분위기 때문에 작품을 탐탁지 않아 했다.

조각상에서 오노레 드 발자크는 몸을 망토로 완전히 감고 얼굴만 망토 밖으로 내민 채 먼 곳을 바라본다. 사실 오귀스트 로댕은 오노레 드 발자크가 밤에는 항상 넓은 망토를 걸치고 작업했다는 말을 듣고 일부러 이렇게 제작했다. 밤이 주는 고독감 속에서 새로운 아이디어를 얻으려고 노력하는 작가를 표현한 것이다. 이는 오귀스트 로댕이 실제에 충실한 묘사를 포기함으로써 이루어 낼 수 있었다. 그의 작품이 가지는 진정한 가치를 모르는 자들에게는 '발자크'가 한낱 돌덩어리일 뿐인 것이었다.

오노레 드 발자크의 소설은 논리정연한 줄거리의 전개, 풍부한 묘사력, 빠른 장면 전환, 뛰어난 심리 묘사, 풍자와 기지 등을 특징으로 한다. 또한 그는 다작으로 유명하다. 출판업, 인쇄업, 활자주조업 등의 사업에 손을 댔다가 모두 실패하고 많은 빚을 지게 되어 그 부채를 갚고 밥벌이를 위해 쉴 새 없이 글을 써내야 했다. 그의 평전을 쓴 슈테판 츠바이크는 그런 지나친 다작을 비판하며 '언어는 잠시라도 자신에게 무관심하고 진정한 참을성으로 사랑을 구하지 않고 자신을 창녀처럼 이용한 예술가에게는 가혹하게 복수를 한다'고 평했다. 그러고 보니 저 조각상은 창녀를 찾아 헤매는 남자처럼 보이기도 한다. 그것은 내가 오귀스트 로댕의 작품이 가지는 진정한 가치를 모르기 때문일 것이다. 참고로 우리나라에서도 조각 전문 미술관인 모란미술관에서 이 작품을 직접 감상할 수 있다.

85

동심의 세계를
들여다 보다

윈슬로 호머
〈선생님께 해바라기 드리기〉
1875

은행에서 계좌 이체를 하다가 혹은 마트에서 라면을 카트에 집어넣다가 꿈에도 그립던 어린 시절의 선생님을 만나게 된다면 어떨까? 물론 반갑겠지. 그러나 모양은 좀 빠지지 않을까. 나는 그런 우연적인 만남이 두려웠다. 인생이 한 편의 연극이라면 어느 정도의 연출은 필요하지 않을까. 나는 그리운 선생님을 찾아뵈면서 나만의 각본을 썼고 그 각본대로 연출하고자 했다. 'TV는 사랑을 싣고' 정도는 아니더라도 뭔가 근사한 재회를 꿈꿨기 때문이다. 아, 그러고 보니 최수종이 그 프로그램에 나와서 어릴 적 선생님을 찾았는데 그 선생님은 이미 이 세상에 없었던가. 그 늦음에 대한 후회의 눈물이 아직도 나의 뇌리에 잔인하게 박혀있다. 성공하면 찾아뵈어야지 하고 생각하다가는 영원히 찾아뵐 수 없을 것 같은 두려움이 생기기도 했다. 그리고 이렇게도 생각해봤다. 내가 선생님이라면 성공한 제자보다 그렇지 못한 제자가 찾아왔을 때 오히려 더 반가울 수도 있지 않을까 하고 말이다.

나이가 들어 보이지 않게 코디네이션 하는 것이 중요하다. 선생님이 나를 보는 순간 세월의 더께를 생각하게 만들고 싶지는 않았기 때문이다. 안에 빨간 보스턴 레드삭스 후드티를 입어 내 실제 나이에서 다섯 살을 줄이도록 노력해본다. 그리고 며칠 전에 새로 산 안경을 처음 쓴다. 이 날을 위해 골랐다. 6학년 때는 안경을 끼지 않았기 때문에 렌즈를 착용할까 잠시 고민했다가 그냥 안경을 끼기로 했다. 미리 주문한 빨간 장미 꽃다발이 시들세라 액셀러레이터를 거칠게 밟는다.

드디어 선생님께서 가르치시는 교실의 문 앞에 섰다. 마치 무대의 기계장치처럼 교실 문이 스르륵 열리면서 꿈에도 그립던 선생님께서 내게로 다가오셨다. 아아, 선생님! 세월의 신은 선생님 또한 봐주지 않았다.

긴 생머리 대신 짧게 친 머리카락에 안경을 쓰신 중년의 선생님은 내 마음을 약간 울적하게 했다. 항상 두근거리며 쳐다보던 하얀 얼굴 대신 세월의 먼지가 쌓인 모습으로 나를 반겨주셨다. 어릴 때의 내 얼굴이 남아 있다며 신기해하시는 선생님의 목소리를 들으면서 나는 조금 놀랐다. 기억 속 선생님은 항상 조곤조곤하게 말씀하셨는데 긴 세월이 지나면서 악동들을 많이 겪으셨는지 한 옥타브 정도 올라가 있었기 때문이다. 나는 순간적으로 피천득의 수필 '인연'을 떠올렸다. 아사코와 세 번 만난 피천득은 세 번째는 아니 만났으면 좋았을 것이라고 했던가. 그러나 나는 표정을 숨길 정도의 연기력은 있었기 때문에 환한 얼굴을 하고 선생님의 손을 꼭 잡았다. 선생님은 웅성거리는 1학년 어린이들에게 무슨 말씀인가를 하시고 가까이 있는 선생님들의 연구실인지 휴식 공간인지로 나를 데려가셨다. 나는 쑥스러운 손으로 꽃다발을 선생님께 드렸고 선생님은 분주하게 커피를 타셨다. 우리는 생각보다는 길고 뵙지 못했던 세월에 비하면 짧은 시간 동안 이야기를 나눴다.

어떤 이야기가 오갔는지는 밝히지 않겠다. 그건 선생님과 나만의 소중한 시간이기 때문이다. 선생님과 이야기를 나누는 동안 나는 선생님의 목소리가 조금씩 낮아져 그 옛날로 돌아가고 있는 것 같은 느낌이 들었다. 머리카락도 길어지고 안경 대신 하얀 얼굴의 선생님으로 돌아가는 믿을 수 없는 환각이었다. 아마 피천득도 아사코와 세 번째 만났을 때 길고도 짧은 시간 동안 이야기를 나누었다면 세 번째 만남 또한 좋았을 것이라고 쓰지 않았을까. 우리는 연락처를 교환하고 나는 자주 연락드리겠다는 말씀을 드리며 마지막 커피 한 모금을 입안으로 털어 넣었다. 학교 건물 밖까지 배웅 나오신 선생님의 손을 다시 한번 꼭 잡고 차로 돌아왔다. 꿈꿔왔던 순간이었는데 약간은 허탈했다. 선생님을 다시 뵈면 바로 눈물이 나올지도 모르겠다고 생각했는데 이상하리만치 차분했던 듯도 하다.
나는 이제야 진정으로 졸업을 한 것이다.

귀스타브 쿠르베
〈만남〉
1854

86

하인은 무슨 생각을
하고 있을까?

이 그림의 부제는 '안녕하세요 쿠르베 씨'이고 화가는 스스로 '천재 앞에 고개 숙이는 부'라고 이름 지었다. 그림 도구를 잔뜩 맨 귀스타브 쿠르베가 프랑스 남부의 몽펠리에 당도한 참인데 자신의 후원자인 은행가 알프레드 브뤼야스가 하인과 개를 대동하고 마중을 나온 모습을 화폭에 담았다. 화가는 자신의 재능에 대한 자존감을 드러내며 후원자인 부자가 모자를 벗고 자신에게 먼저 인사를 하는 상징적인 장면을 표현해 예술가의 높아진 위상을 그림으로 나타냈다.

그런데 나는 귀스타브 쿠르베의 의도와는 달리 이런 시나리오를 그려본다. 은행가 알프레드 브뤼야스는 화가를 후원하고 있지만 이름까지 외우지는 못한다. 그저 후원이란 부자들의 놀이를 하는 것이지 화가나 그림에 큰 관심은 없는 것이다. 화가가 자신의 지역에 온다고 하니 인사차 나오기는 했는데 아무리 떠올려봐도 화가의 이름을 모르겠다. 그때 뒤에서 하인이 고개를 숙이며 조용히 화가의 이름을 읊조려준다. 그제야 부자

는 인사한다. '안녕하세요, 쿠르베 씨.'

로마 시대에는 귀족을 보좌하며 거리에서 만나게 되는 상대의 이름과 직함을 알려주는 노예가 있었다. 그들을 노멘클라토르nomenclator라고 한다. 라틴어로 이름과 외치는 사람의 합성이다. 특히 정치가들이 이런 노예를 대동하고 다니면서 자신에게 한 표를 찍어주십사 부탁했다. 이름이 징조 혹은 운명이라는 라틴어 명구 '노멘 에스트 오멘Nomen est omen'이 설파하듯이 고대 로마든 근대 프랑스든 현대 우리나라든 언제 어디서나 사람의 이름을 아는 것은 중요한 일이리라. 정치가에게는 더욱 그러하고 말이다.

어쨌든 이름도 남아 있지 않은 그림 속 하인은 천재와 부자의 만남이고 뭐고 간에 대충 끝내고 돌아가서 쉬고 싶은 마음만 클 것 같다. 건방진 천재에게 큰 관심은 없었을 것이다.

87

그분들의 거룩한 삶을
알게 되었다

필립 드 샹페뉴
〈카트린 아녜스 아르노 수녀와 카트린 드 생 수잔 샹페뉴 수녀〉
1662

'1662년 봉헌물'이란 제목으로도 알려진 그림이다. 오른쪽에 있는 화가의 딸이 수녀가 된 후 26세의 나이에 14개월 동안 극심한 열병으로 다리가 마비되는 등 생사의 고비를 여러 차례 넘기다가 1662년에 기적적으로 병이 나은 것을 기념해 필립 드 샹페뉴가 봉헌물로 그린 것이다. 화가는 너무나 감사하고 기쁜 마음으로 이 그림을 그렸으리라. 왼쪽에 무릎을 꿇고 기도하는 수녀원장에게로 신성한 은혜처럼 넓은 빛줄기가 내려오는 모습이 경건한 마음을 불러일으킨다.

10년 넘게 어느 노숙인 시설에 봉사활동을 다니고 있다. 사실 이렇게 꾸준하게 봉사활동을 한 이유는 다른 이들에게 은밀하게 자랑하기 위함이다. 어쨌든 그곳은 수녀원에서 관리하는 곳이라 수녀님들을 가까이에서 보게 된다. 나는 불교를 믿기 때문에 봉사활동을 시작하기 전에는 수녀님들이 어떤 분들인지 잘 몰랐다. 그런데 10년 넘게 수녀님들을 옆에서 지켜보니 약간은 그분들의 거룩한 삶을 알게 되는 것 같다. 신께 드리는 사랑을 늙고 아픈 이들에게 나눠주는 그 삶이 말이다. 항상 검소하고 깨끗한 성품으로 희생하고 봉사하는 그분들의 삶을 지켜보며 나는 불경이나 성경을 읽을 때보다 더 큰 가르침을 받게 된다.

어느 대학생 자원봉사자가 그런 수녀님들을 보고 천사 같다고 했을 때 그 말을 들은 수녀님은 정말 천사처럼 미소지으셨다. 화가 귀스타브 쿠르베는 천사를 보지 못했기에 천사를 그리지 않는다고 했던가. 병들고 약한 자들을 위해 자신을 희생하는 수녀님을 본다면 그도 아마 천사를 그렸을 것이다.

88

'하얀거탑'의
장준혁 과장에게

토머스 에이킨스
〈애그뉴 클리닉〉
1889

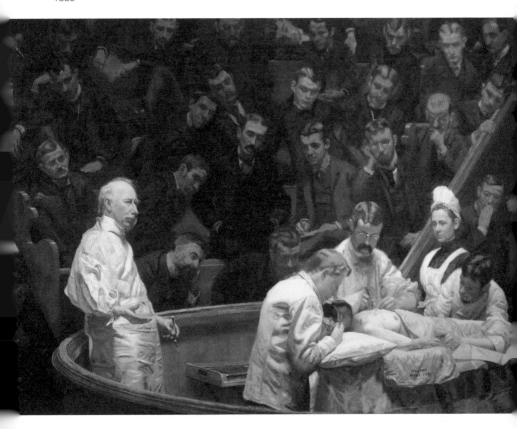

그래, 장준혁 과장, 당신은 데뷔부터 화려했지. 동기들보다 훨씬 뛰어난 재능과 솜씨로 1등을 도맡아 했었지. 그대는 너무나도 빛났어.

국내 최초로 간, 췌장, 신장 동시 이식을 성공시켰지. 당신의 손놀림은 놀라웠어. 손이 보이지 않을 정도였어. 의국의 모든 사람들이 당신에게 박수를 쳤어. 다음 과장 자리는 당연히 당신의 것이어야 했어.

그런데 어디서부터 잘못된 것일까? 나는 당신이 어두운 일식집에서 유필상 의협 회장에게 고급 시계를 받으면서 '형님'이라고 부르던 목소리를 잊지 못해. 당신의 그 미묘한 목소리는 경계의 어디쯤에서 전혀 당신의 목소리 같지 않게 울려 퍼졌어. 그건 당신이 이 길로 가야 하는 게 맞나 혹은 그렇지 않나 하는 갈등의, 의심의, 혼란의 '형님'이었어.

말해 봐. 이주완 과장에게 복수하고 싶었나? 당신을 내치고 어디선가 자신의 후배를 내세우려고 한 늙은 여우에게 복수하고 싶었던 거야?

당신은 불륜 관계에 있는 와인바 여사장 희재에게 말했지. 당신이 유일하게 인정하는 사람이 노민국 선생이라고. 그 노민국 선생을 이기고 싶어서 검은 약물에 손을 댄 건가? 당신은 투표에서 그를 이겼잖아. 정치적이든 뭐로든 말이야.

오경환 교수에게 배울 때의 열정과 사명감은 어디로 간 건가? 선배들이 잘 때도 책 한 자 더 파고들던 그때의 장준혁은 어디로 간 건가?

당신은 오남기 학회장으로 라인을 갈아탔지. 탁월한 선택이었어. 당신 뒤를 봐준 의협 회장이나 부원장의 간섭과 압박으로 약제 하나 당신 마음대로 선택할 수 없는 명인 대학을 뛰쳐나오려는 건 훌륭한 선택이라고 봐. 당신은 송도에 지으려고 하는 미국 메디컬 센터 동북아 허브 병원에서도 과장의 자리에 앉을 거니까 말이야.

그때쯤인 것 같아. 당신의 야망이 당신을 잡아 먹어버린 것이, 검은 유혹이 당신을 잡아 먹어버린 것이.

그래, 장준혁 과장, 당신은 그렇게 원하던 과장이라는 자리를 얻었고 얼마 후 영광스러운 외과학회장이 될 수도 있었어. 모든 사람들이 박수를 치는 존재로 말이야.

그러나 당신은 지리멸렬한 법정 공방을 벌이게 되겠지. 메피스토펠레스가 권한 검은 약물을 손댄 파우스트 박사를 보는 것처럼 나는 왠지 서러워. 당신을 통해서 보고자 한 나의 소시민적인 야망의 말로가 당신과 닮게 될까 봐 왠지 씁쓸해. 그리고 서글퍼.

왜냐하면 나는 아직도 당신의 의사로서의 열정과 사명감을 믿고 있거든. 한 명의 환자라도 더 살리고자 하는 그 마음이 아직도 당신의 가슴에 남아 있다고 믿고 있거든. 그러니 당신이 가장 추악한 나락으로 떨어진다고 하더라도 나는 당신을 응원할지도 모르겠어. 아니, 동정하고 변호하다가 끝내는 울어버릴 것 같아. 당신은 누가 뭐래도 장준혁 과장이니까.

그래, 이 글을 쓰는 나는 그 사람 정도로 해두지. 문상명 선생으로 말이야.

89

아름답고 평화로웠다고
말하고 싶다

프리다 칼로
〈상처 입은 사슴〉
1946

여섯 살 때 소아마비로 오른쪽 다리 장애를 평생 앓았고 열여덟 살 때 타고 가던 버스가 전차와 충돌해 난간의 창살이 배를 뚫고 들어와 질을 통해 빠져나갔다. 이 사고의 후유증으로 그녀는 여러 번의 유산을 겪고 결국 자신의 아이를 가지지 못하게 된다.

육체적 고통은 도리어 참을만한 것인지도 모른다. 멕시코 최고의 벽화 화가인 남편 디에고 리베라는 끊임없이 외도를 일삼아 그녀를 괴롭혔다. 자신의 여동생까지도 불륜의 대상으로 삼자 그녀는 정신적으로 무너져 내린다. 내가 남자이기 때문일까. 천하의 바람둥이 디에고 리베라보다 여동생 크리스티나가 더 얄밉게 생각되는 까닭은 무엇이란 말인가.

육체적으로 그리고 정신적으로 고통받은 프리다 칼로는 이러한 상처 입은 자화상을 여러 편 남겼는데 특히 이 그림이 인상 깊다. 아홉 발의 화살을 맞은 사슴으로 표현한 자화상인데 황량한 나무와 부러진 나뭇가지가 쓸쓸해 보이고 배경의 바다에도 번개가 쳐서 그녀의 심리를 고통스럽게 묘사하는 듯하다. 화가는 자신의 얼굴을 평온하게 그려서 육체의 고통과 마음속 번뇌를 대수롭지 않게 표현해 그림을 보는 이들을 더 서글프게 만든다.

나는 지금 이 그림을 알려준 이를 떠올린다. 프리다 칼로 만큼은 아니지만 그 사람도 육체적으로 그리고 정신적으로 고통받고 상처 입었다. 이제는 인연의 실이 끊겼지만 그 사람이 언제나 평화롭기를 기원한다. 그러고 보니 독일 출신으로 멕시코에 정착한 화가의 아버지는 그녀의 이름을 독일어로 평화를 뜻하는 'Frieden'에서 따와서 지었다고 한다. 프리다 칼로와 그 사람이 이 세상 소풍 끝나고 하늘로 돌아가는 날이 되었을 때 아름답고 평화로웠다고 말했으면 싶다. 나 또한 그러하리라.

90

친구의 아내이자
그림 속 모델과 결혼한 화가

존 에버렛 밀레이
〈1746년의 방면 명령〉
1852 - 1853

반란에 가담한 스코틀랜드 병사가 방면 명령을 받고 감옥에서 풀려 나고 있다. 그는 스코틀랜드 전통 의상을 입고 아내의 품에 쓰러지듯 안 기는데 자는 아이를 받쳐 안은 아내는 아름다우면서도 강건해 보인다. 그 녀는 남편의 방면 명령장을 오른손으로 건네고 시선은 남편 대신 어느 먼 곳을 바라본다. 권력자에게 자신의 몸을 상납하고 남편을 구한 것이다. 화가는 그녀를 성모 마리아처럼 순결하게 표현했다. 머리에 두른 푸른 천 과 하얀 맨발은 죄가 없는 것처럼 보인다. 그렇다. 가정을 위해 자신을 내 놓은 그녀에게 무슨 죄가 있겠는가. 아무것도 모르고 안겨서 자는 아이처 럼 순수하고 깨끗하다. 주인을 반기는 개가 여인을 바라보며 영원히 그녀 를 변호할 것이다.

화가 존 에버렛 밀레이는 친구인 존 러스킨의 아내 에피를 모델로 이 그림을 그렸다. 의미심장하게도 후에 에피는 존 러스킨과 이혼하고 존 에버렛 밀레이의 아내가 된다. 존 러스킨은 아내와 육체적인 성관계를 전혀 갖지 않는다는 도저히 이해할 수 없는 신념을 가지고 있었다. 에피는 남에게 말하기도 어려운 사정을 부모에게 토로한 후 교회 법정까지 간 소송 끝에 두 사람은 이혼 명령을 받게 된다. 그리고 이듬해 서로 이끌렸던 존 에버렛 밀레이와 맺어져 4남 4녀를 두고 40년간 해로하며 행복하게 살았다. 그렇다면 존 러스킨은 어떻게 되었냐고? 내가 알게 뭐가.

91

저랑 같이 미술관에
가실래요?

2021년 4월 22일 목요일에 축하 난을 사기 위해 어느 꽃집에 들어섰다. 거기서 가슴이 찢어지는 듯한 느낌을 받았다. 봄과 닮은 플로리스트를 보는데 첫눈에 반한다는 식상한 표현이 아니라 이상하게도 가슴이 찢어지는 것 같더라. 그녀가 난이 지금 없다고 말할 때에서야 나는 제정신으로 돌아왔다. 원래라면 널리고 널린 게 꽃집이라 다른 꽃집으로 발길을 돌렸겠지만 내일 다시 오겠다고 말했다. 책의 날인 다음 날 나는 축하 난을 받아들면서 그녀의 이름을 물어봤다. 그리고는 돌아오는 길에 그녀의 이름을 자꾸 불러봤다. 참고로 책의 날은 1616년 4월 23일에 거장 미겔 데 세르반테스와 윌리엄 셰익스피어가 죽은 날을 기념하고, 그날이 스페인 카탈루냐 지역에서 책을 사는 사람에게 장미를 선물하는 세인트 조지 축일이라는 데서 유래했다고 한다.

몇 주 후인 5월 12일 수요일에 나는 그 꽃집에 다시 들렀다. 이틀 후 5월 14일 금요일 12시쯤에 찾으러 올 테니 장미 꽃다발을 준비해달라고

마르크 샤갈
〈생일〉
1915

그녀에게 말했다. 플로리스트가 꽃을 선물로 받는 일이 드물겠으나 그 꽃
다발을 그녀에게 다시 주는 것은 너무나 식상할 것이다. 사실 스승의 날
즈음이라 어릴 적 선생님께 드리기 위해 주문했다. 공교롭게도 5월 14일
은 로즈데이이기도 하다. 상술이 지배하는 14일들을 싫어하는 편이지만
가슴이 찢어졌던 나로서는 이마저도 운명적인 날짜라고 마음대로 생각해
버린다.

2021년 5월 14일 금요일 로즈데이 정오에 나는 그 꽃집에 들어섰다. 몇 번 들렀기에 그녀도 내 얼굴이 그리 낯설지는 않으리라. 가볍게 인사를 하고 장미 꽃다발을 받아들면서 과장되게 너무 예쁘다고 말한다. 사실 그녀가 예쁘다고 말해주고 싶다. 그리고는 그녀에게 오늘 로즈데이에 퇴근 후 뭐 하냐고 물어본다. 그녀는 운동하러 간다고 가볍게 대답해준다. 나는 시간이 괜찮으면 저녁을 같이하자고 운을 띄워 보지만 전략적으로 후퇴하는 게 낫겠다고 순간적으로 판단한다. 나중에 시간이 괜찮을 때 식사 한번 같이하자고 말하며 꼬리를 말아버린다. 그녀는 이런 관심의 표현이나 데이트 신청을 너무나 많이 받아보았는지 이번에도 가볍게 알겠다고 대답해준다. 그것은 꽃집 주인이 손님에게 의례적으로 감사하다는 인사를 하는 것과 비슷하다고 느낀다. 운전석 옆자리에 있는 장미 꽃다발을 바라보며 찢어지는 가슴을 살짝 어루만져본다. 나무는 열 번이고 스무 번이고 찍어봐야겠지만 꽃은 어떻게 해야 할까.

대니얼 월리스의 소설을 토대로 만든 팀 버튼 감독의 영화 '빅 피쉬'에서 이완 맥그리거는 한눈에 반한 여자가 황수선화를 좋아한다는 말을 듣고 그녀에게 청혼하려고 하룻밤 만에 황수선화밭을 만드는 환상과도 같은 이야기를 들려준다. 마르크 샤갈의 생일인 7월 7일에 황수선화를 사이에 두고 그녀에게 이렇게 말해볼까 한다. '시간이 괜찮으면 저랑 같이 미술관에 가실래요?'

92

그녀를 아니
나의 삼촌을 응원하며

앤드루 와이어스
1917 - 2009

〈크리스티나의 세계〉
1948
wikiart

화가 앤드루 와이어스의 이웃인 크리스티나 오슬론은 소아마비와 퇴행성 근육병을 앓아 서서 걸을 수 없었다. 그림으로 봐도 그녀의 팔과 다리가 너무나 앙상하다. 그녀는 부모의 무덤을 방문했다가 집으로 기어서 돌아가는 길이다. 장애가 없는 사람에게는 그리 멀지 않은 거리이지만 그녀에게는 너무나 멀고 힘든 오르막길이리라. 바람에 흩날리는 몇 가닥의 머리카락이 그녀의 신산한 삶을 상징하는 것 같다.

나의 삼촌은 태어날 때부터 말씀을 못 하신다. 어릴 때 소아마비도 앓아 언어 장애와 지체 장애를 함께 가지고 있다. 언젠가 삼촌을 모시고 병원에 다녀오는 길에 차 안에서 우리는 대화를 나눴다. 물론 말씀을 못 하시는 삼촌은 정식 수어가 아닌 몸짓을 섞어 의사 표현을 하시지만 우리는 제법 소통이 잘 되는 편이다. 그때 삼촌이 이렇게 자신의 의사를 표현하셨다. 삼촌이 본인의 뜻을 완벽히 표현할 수가 없고 나 또한 삼촌의 뜻을 온전히 알아들을 수도 없지만 대충 옮겨보자면 이렇다. 자신은 몸을 쓰는 게 조금 어눌하지만 걸을 수 없는 사람보다는 얼마나 다행인가. 그리고 말을 할 수 없지만 듣지 못하는 사람보다는 얼마나 다행인가. 더구나 보지 못하는 사람을 생각하면 생각만으로도 얼마나 아찔한가. 말을 할 수 없어서 답답할 때가 많지만 재미있는 텔레비전 프로그램을 보지도 듣지도 못하는 이들을 생각하면 자신의 처지는 얼마나 다행스러운가.

운전대를 잡고 있던 나는 새삼 삼촌의 존엄성을 느꼈다. 나라면 세상과 운명을 저주하고만 있지 않았을까. 그리고 부모가 되어 보면 자기 부모님의 심정을 알게 된다는 말처럼 나도 조카가 생기니 삼촌을 더 잘 이해할 수 있게 되는 것 같기도 하다. 나는 사랑스러운 조카를 언제나 안아보고 싶은데 삼촌은 어린 나를 얼마나 안아보고 싶었을까. 아마 자신의 장애가 사랑하는 조카에게 묻을까 걱정되어 안아보려고 하지 않았으리라.

앤드루 와이어스도 크리스티나 오슬론의 처지가 딱하고 불쌍해서가 아니라 그녀의 존엄성을 느끼고 그림을 그리지 않았을까 싶다. 장애가 그녀의 세계를 고통스럽게 만들더라도 그녀의 존엄성까지 훼손시킬 수는 없는 것처럼 말이다.

93

우리나라의 화가들, 카탈로그 레조네가 필요하다

화폭에 박수근 특유의 재질감인 마티에르가 선명하지 않은지 한참이나 위작이니 아니니 하며 시끄러웠던 작품이다. 결국 법원이 위작이 아닌 것으로 추정된다고 판단까지 하게 됐다. 이 작품뿐만이 아니라 화가 자신과 감정을 의뢰한 검찰의 판단이 엇갈린 천경자의 '미인도' 사건 등 큰돈이 오가는 미술 시장에서 위작 논란은 하루 이틀 일이 아니다. 미술관에 버젓이 걸린 유명한 그림 또한 위작 논란이 끊이지 않는 걸 보면 미술과 위작 논란은 계속해서 우리를 시끄럽게 만들 것 같다.

해서 미술관은 자체적으로 엑스레이 촬영이나 물감 성분 분석 등의 과학적인 조사로 위작 논란에 대응하고 있다. 나는 그와 함께 화가별로 카탈로그 레조네를 완성하는 작업도 필요하다고 본다. 프랑스어로 전작 도록 정도로 해석할 수 있는 카탈로그 레조네는 검토한 모든 작품을 모은 도록으로 어느 작품의 진위를 판단하는 데 중요한 참고나 기준이 될 수 있다. 서양의 유명 화가는 대부분 미술관과 관련 전문가가 만든 카탈로그 레조네가 있지만 열악한 미술 시장을 가진 우리나라의 화가들을 대상으로는 엄두조차 내기 어려운 실정이다. 하지만 위작 논란으로 불필요하게 소비되는 사회적 비용을 생각하면 화가별로 카탈로그 레조네를 완성하는 작업은 도리어 싼 것이 아닐까 싶다.

한 발 더 나가 서양의 화가 이름과 작품명을 하나로 공인하는 작업도 필요하다고 본다. 유럽 여러 나라의 화가를 제각기 자기가 부르는 방식으로 써버리니 인터넷 검색을 해도 중구난방이다. 미술책에서조차 유명한 작품의 제목이 제각각이고 말이다. 나 또한 이 책에서 화가 이름과 작품명을 공인된 원칙 없이 내가 부르는 식으로 썼다는 걸 조심스레 밝힌다. 국립국어원에서 표준어를 정제하는 작업을 해나가듯 공인된 기관에서 일관된 원칙으로 화가 이름과 작품명을 하나로 정하는 작업이 필요하다. 이제 빨래를 할 시간이다.

〈빨래터〉
1950
네이버 지식백과

박수근
1914 - 1965

94

사랑에 갇힌
천재 조각가의 삶

카미유 클로델
〈중년〉
1893 – 1899

오귀스트 로댕과 카미유 클로델의 비극적인 사랑 이야기는 너무나 유명하다. 오귀스트 로댕은 한때 자신의 제자 카미유 클로델에게 열렬히 빠져들지만 한평생의 동반자인 로즈 뵈레에게 돌아가 버린다. 이 조각은 당연히 세 사람의 관계를 표현한 것이다. 무릎을 꿇고 애원하는 카미유 클로델의 애처로운 모습이 인상적이다.

그런데 사실인지 오해인지 모르지만 오귀스트 로댕은 이 조각이 유명해져 자신의 추문이 널리 퍼지는 걸 막고자 카미유 클로델의 앞길을 방해했다고 한다. 물론 자신의 일이 잘 풀리지 않은 카미유 클로델 본인의 철저한 오해나 망상이었을 수도 있다. 여하튼 실연당한 카미유 클로델은 조각 작업에만 침잠하다가 아버지의 사망 이후 정신적으로 쇠약해져 남프랑스의 몽드베르그 정신병원으로 들어가게 된다. 안타깝게도 그녀는 30년이 넘는 긴 세월 동안 한 번도 정신병원 밖으로 나오지 못하고 79세의 나이로 쓸쓸히 죽었다.

아직도 남아 있는 정신병원의 기록을 보면 카미유 클로델이 애타게 기다린 것은 오귀스트 로댕이 아니라 가족의 면회였다. 어머니는 단 한 번도 그녀를 찾지 않았고 남동생 폴 클로델은 이따금 면회를 왔다가 그마저도 뚝 끊어버렸다. 병원 측에서는 중간중간에 한 번씩 가족들에게 카미유 클로델을 데려가도 좋다고 했지만 어머니와 남동생은 그녀를 아예 없는 사람으로 취급하고 고독하게 내버려 두었다. 그러고 보니 조각의 왼쪽에 있는 두 중년 남녀는 오귀스트 로댕과 로즈 뵈레가 아니라 카미유 클로델의 어머니와 남동생인지도 모르겠다.

95

나의 검정이 마음에 든다고
말해주면 정말 좋겠다

프란시스코 데 고야
〈아직도 배운다〉
1824 – 1828

책의 마지막은 내가 가장 좋아하는 화가인 프란시스코 데 고야의 작품으로 마무리하고자 한다. 제목이 정말 의미심장하다. 프랑스로 망명한 귀머거리 80대 노인은 지팡이를 두 개나 짚어야 할 정도로 몸을 가누기조차 어렵다. 그러나 그는 처음 접한 석판화 기법을 새로이 배우길 주저하지 않는다. 아무것도 들리지 않는 것은 물론 눈도 침침하고 움직이기조차 힘들지만 그는 화가의 길을 죽을 때까지 걸어간다. 아니, 죽은 후에도 그는 영원히 화가이다.

왜인지는 모르겠지만 글이 마무리되고 책이 덮일 순간에 어린 시절 비가 내리던 어느 날이 떠오른다. 귀머거리 80대 노인이 아니라 8살의 소년이라니. 야구 좋아하는 사람치고 비 좋아하는 사람이 없는 것처럼 나는 어릴 때부터 비가 싫었다. 조그만 손에다 우산과 실내화 가방과 도시락과 스케치북과 크레용을 모두 들고 학교로 가던 그 기억 때문일까.

그 기억의 끝에서 나는 검정 크레용으로 색칠한 그림을 완성하겠다. 새카매진 얼굴로 그 그림을 들고 당신께 보여주고자 한다. 그때 당신은 형편없는 그림이지만 나의 검정이 마음에 든다고 말해주면 정말 좋겠다.

그림에 젖어

1판 1쇄 인쇄 2021년 12월 21일
1판 1쇄 발행 2021년 12월 31일

지은이 손수천

펴낸이 정용철 **편집인** 이경희, 김보현 **디자인** ⓒ단팥빵
제작 제이킴 **마케팅** 김창현 **홍보** 김한나
인쇄 (주)금강인쇄

펴낸곳 도서출판 북산
등록 2010년 2월 24일 제2013-000122호
주소 서울시 강남구 역삼로 67길 20, 201호
전화 02-2267-7695 **팩스** 02-558-7695
홈페이지 www.glmachum.co.kr **이메일** glmachum@hanmail.net
블로그 blog.naver.com/e_booksan **페이스북** facebook.com/booksan25

ISBN 979-11-85769-46-2 03810

ⓒ 2021년 도서출판 북산 Printed in Korea.